Carlota Fainberg

Biblioteca Antonio Muñoz Molina
Novela

Antonio Muñoz Molina

Carlota Fainberg

Seix Barral

Obra editada en colaboración con Editorial Planeta – España

Diseño de la portada: Booket / Área Editorial Grupo Planeta
Imagen de la portada: © René Groebli, de la serie The Eye of Love
Composición: Moelmo, SCP

Bajo el sello editorial BOOKET M.R.
Avenida Presidente Masarik núm. 111,
Piso 2, Polanco V Sección, Miguel Hidalgo
C.P. 11560, Ciudad de México
www.planetadelibros.com.mx

Primera edición impresa en España en Booket: febrero de 2017
ISBN: 978-84-322-3206-0

Primera edición impresa en México en Booket: abril de 2024
ISBN: 978-607-39-1182-5

Impreso en los talleres de Impregráfica Digital, S.A. de C.V.
Av. Coyoacan 100-D, Valle Norte, Benito Juárez
Ciudad de México, C.P. 03103
Impreso en México - *Printed in Mexico*

Biografía

Antonio Muñoz Molina nació en Úbeda (Jaén) en 1956. Ha reunido sus artículos en volúmenes como *El Robinson urbano* (1984; Seix Barral, 1993 y 2003) o *La vida por delante* (2002). Su obra narrativa comprende *Beatus Ille* (Seix Barral, 1986, 1999 y 2016), *El invierno en Lisboa* (Seix Barral, 1987, 1999 y 2014), *Beltenebros* (Seix Barral, 1989 y 1999), *El jinete polaco* (1991; Seix Barral, 2002 y 2016), *Los misterios de Madrid* (Seix Barral, 1992 y 1999), *El dueño del secreto* (1994), *Ardor guerrero* (1995), *Plenilunio* (1997; Seix Barral, 2013), *Carlota Fainberg* (2000), *En ausencia de Blanca* (2001), *Ventanas de Manhattan* (Seix Barral, 2004), *El viento de la Luna* (Seix Barral, 2006), *Sefarad* (2001; Seix Barral, 2009), *La noche de los tiempos* (Seix Barral, 2009), *Como la sombra que se va* (Seix Barral, 2014), el volumen de relatos *Nada del otro mundo* (Seix Barral, 2011) y el ensayo *Todo lo que era sólido* (Seix Barral, 2013). Ha recibido, entre otros, el Premio Príncipe de Asturias de las Letras, el Premio Nacional de Literatura en dos ocasiones, el Premio de la Crítica, el Premio Planeta, el Premio Liber, el Premio Jean Monnet de Literatura Europea, el Prix Méditerranée Étranger, el Premio Jerusalén y el Premio Qué Leer, concedido por los lectores. Desde 1995 es miembro de la Real Academia Española. Vive en Madrid y Nueva York y está casado con la escritora Elvira Lindo.

www.antoniomuñozmolina.es

Nota del autor

La historia de *Carlota Fainberg* la inventé en el verano de 1994, cuando Juan Cruz me sugirió que escribiese para *El País* un relato por entregas, con la única condición argumental de que tuviera algo que ver con *La isla del tesoro*, ya que ese año se celebraba el centenario de la publicación de esa hermosa novela. Los caminos de la ficción siempre son sinuosos: en el relato que escribí entonces intervenía el recuerdo de un par de visitas a Buenos Aires, de un semestre como profesor invitado en la Universidad de Virginia, de un viaje en coche a través del Estado de Pensilvania, de un soneto de Borges sobre un personaje de la novela de Stevenson, el ciego Pew que nos dio tanto miedo la primera vez que la leímos. Fainberg es el apellido de una querida amiga porteña, Mónica Fainberg, que era jefa de prensa de Seix Barral cuando yo publiqué allí mis primeras novelas, y que fue una guía tan afectuosa y experta de mis primeros pasos por ese mundo no siempre fácil de transitar para un recién llegado.

Inventar una historia es también intuir su longitud y su forma. Nada más terminar *Carlota Fainberg* me di cuenta de que los límites del relato a los que me había ceñido eran demasiado estrechos para todo lo que hubiera querido contar, para el flujo de palabras e imágenes que los personajes y los lugares por donde transitan despertaban en mí. Pero escribir no es sólo ponerse delante de un papel o de un ordenador, es también esperar, dejar que las cosas vayan sedimentándose en la imaginación, y también en el olvido, esperar a que llegue el momento preciso para rescatarlas. Yo no suelo tardar mucho en escribir una historia, pero cada vez tardo más en ponerme a escribirla: entre el momento en que se me ocurre una idea para un relato y el de su escritura pueden pasar muchos años, y ese largo tiempo de inacción me parece tan decisivo como el del trabajo real.

Me hicieron falta cinco años para volver a la historia de *Carlota Fainberg*, que permanecía en suspenso, pero no olvidada, y sin advertirlo yo crecía con otros viajes, otras experiencias, otras conversaciones y lecturas. Empecé por fin a reescribirla en la primavera de este año, y, para mi sorpresa, muy pronto se impuso sobre mí como una invención nueva, que crecía siguiendo las líneas esbozadas en el relato primitivo. La melodía sigue siendo la misma, pero el tiempo, en el sentido musical, creo que se ha hecho más largo, con ondulaciones y resonancias nuevas. El resultado no es un cuento largo, como yo imaginaba, sino una novela corta, y uso ese término sabiendo perfectamente a qué me arriesgo. Muchas novelas que se publican ahora son, técnicamente, novelas cortas, pero sus autores y sus editores procuran no decirlo, sabiendo que aquí lo breve se califica de menor y se considera secundario. Si alguien dice abiertamente que ha escrito una novela corta enseguida se sospechará que no ha tenido capacidad o talento para escribir una novela larga. Pero la novela corta es tal vez la modalidad narrativa en la que mejor resplandece la maestría. Quien lee *Otra vuelta de tuerca*, *La invención de Morel*, *La muerte en Venecia*, *Los adioses*, *El doctor Jekyll y Mr. Hyde*, encuentra a la vez la intensidad y la unidad de tiempo de lectura del cuento y la amplitud interior de la novela. La razón principal para escribir un libro es la misma que para leerlo: que a uno le guste mucho estar haciendo lo que hace. Lector inveterado de novelas cortas, yo he disfrutado tanto inventando y escribiendo esta *Carlota Fainberg* que me ha dado algo de pena que se acabara tan pronto.

A. M. M.

Para Bill Sherzer, en recuerdo de Buenos Aires
y de Nueva York, y de nuestras conversaciones
sobre Carlota Fainberg.

Blind Pew

Lejos del mar y de la hermosa guerra,
Que así el amor lo que ha perdido alaba,
El bucanero ciego fatigaba
Los terrosos caminos de Inglaterra.

Ladrado por los perros de las granjas,
Pifia de los muchachos del poblado,
Dormía un achacoso y agrietado
Sueño en el negro polvo de las zanjas.

Sabía que en remotas playas de oro
Era suyo un recóndito tesoro
Y esto aliviaba su contraria suerte;

A ti también, en otras playas de oro,
Te aguarda incorruptible tu tesoro:
La vasta y vaga y necesaria muerte.

JORGE LUIS BORGES, *El hacedor*

I

—Yo ya no creo que vuelva nunca a Buenos Aires.

El hombre sentado junto a mí dijo estas palabras con menos tristeza que melodramatismo y se quedó callado unos instantes, bebiendo pensativamente de su Diet Pepsi. Se notaba que las había pensado muchas veces, que se las había dicho a sí mismo en voz alta, como cuando uno ha recibido una injuria o un mal modo y luego se desvela repitiendo y perfeccionando la respuesta que no supo o no tuvo valor para decir a tiempo. Frente a nosotros, al otro lado del muro de cristal, la nieve caía tan espesa que no era posible ver nada, y la luz declinante de las dos de la tarde era tan neutra y tan ajena a la hora del día como la de los tubos fluorescentes que iluminaban las grandes bóvedas del aeropuerto de Pittsburgh.

—Se lo prometí a Mariluz, claro está, cuando los dos nos sinceramos y no tuve más remedio que contárselo todo —no me miraba ahora, tenía los ojos fijos en los torbellinos silenciosos de nieve, y quizás en ese gesto también había una parte de ligera impostura, de representación—. Pero tú me comprendes, Claudio, el verdadero motivo no es ése. Mi mujer no es tonta, ella sabe que las ocasiones no paran de presentarse, y que un hombre, por muy buena voluntad que tenga, es difícil, si es hombre, que pueda controlarse siempre. Es que no quiero estropearme el recuerdo, ¿me explico? La magia de aquellos días.

Llevaba varias horas con él y acababa de darme cuenta de que no sabía su nombre. Me lo había dicho, incluso se había apresurado a darme su tarjeta, antes de que nos sentáramos en los taburetes del falso bar inglés en la zona de tránsitos del aeropuerto de Pittsburgh, pero yo no presté atención, o me olvidé del nombre nada más oírlo, y ahora me encontraba en la circunstancia absurda de estar recibiendo las confesiones sentimentales o sexuales de un desconocido que me llamaba por mi first name y se comportaba como si fuéramos amigos de toda la vida. As a matter of fact, como dicen aquí, nos habíamos visto por primera vez hacia las once a.m., en un puesto de prensa, o más bien él había visto sobresalir del bolsillo de mi gabardina un ejemplar atrasado de *El País Internacional*, e inmediatamente se había dirigido a mí en español, con la seguridad absoluta, según dijo más tarde, de que éramos compatriotas.

—Tú haz caso de lo que me dice la experiencia, Claudio —yo no me acordaba de su nombre, pero él manejaba ya fluidamente el mío—. Un español reconoce a otro mucho antes de oírlo hablar, nada más que viéndole la pinta. Vas por Nueva York, un ejemplo, por la Quinta Avenida, a la hora de más gentío y más tráfico, ves en un semáforo a una pareja, de espaldas a ti, los dos con camisas y vaqueros, de unos treinta y tantos años, ella con un poco de culo, con zapatillas de deporte muy nuevas, con un jersey fino echado por los hombros, o atado a la cintura, y no sé por qué pero lo sabes, lo puedes jurar: «Esos dos son españoles.» Qué le vas a hacer, tenemos esa pinta, ese look, como dicen ahora.

Me disgustó que una persona tan vulgar se concediera tales prerrogativas sobre lo que él llamaba mi pinta. Si alguien así, tan cheap, para decirlo con crudeza, me identificaba tan rápidamente como compatriota suyo, era que tal vez yo compartía, sin darme cuenta, una parte de su vulgaridad, de su ruda franqueza española. También debo añadir que con los años me he acostumbrado a lo que al principio me atosigaba tanto, a las formalidades y reservas de la etiqueta académica norteamericana, y que ya me siento incómodo, o más exactamente, embarrassed, ante cualquier despliegue excesivo de simpatía, que casi nunca llega sin su contrapartida de mala educación.

Hay otra consideración que no debo eludir: en los viajes soy del todo incapaz de relacionarme con los otros, apenas salgo de casa hacia el aeropuerto o la estación de ferrocarril, es como si me sumergiera en el agua vestido con un traje de buzo, y cualquier amenaza de conversación me incomoda. Pertenezco a lo que los sociólogos llaman aquí, con una metáfora no infortunada, el tipo cocoon. Aunque no esté en mi casa, bien calefactada y forrada de moquetas, por dondequiera que voy me envuelve mi capullo cálido de confortable privacy. Abro con avaricia cualquiera de los libros o los journals que he escogido para el viaje, o recurro, si tengo mucho trabajo, a algún paper urgente, a mi pequeño ordenador, mi imprescindible laptop, me pongo las gafas de cerca, las que llevan una oportuna cadenita para evitar su pérdida, guardo las otras en su funda y en el bolsillo interior de mi chaqueta, y por lo que a mí respecta, aunque me encuentre en un aeropuerto populoso, igualmente podía estar en mi despacho del departamento, en una de esas tardes de final de semestre en que ya apenas quedan estudiantes y reina en las aulas, en los patios alfombrados de césped y en los corredores, un silencio de verdad claustral.

Cuando aquel hombre me interpeló, señalando el periódico en papel biblia que sobresalía de mi bolsillo, mi primer impulso fue ocultarlo, y el segundo fingir que no comprendía su idioma, pero estaba claro que era demasiado tarde para escabullirse sin indignidad de aquella situación. Muy incómodo, aunque sonriendo, le dije que sí, que era español, y esa coincidencia le hizo calurosamente suponer que habría otras, y que yo también estaría esperando que fuera anunciado el vuelo de United Airlines hacia Miami. Contesté que no, si bien no le dije el vuelo que yo esperaba, pero dio igual, porque él, ajeno a esas barreras invisibles pero terminantes que ciertos silencios levantan en América, me preguntó cuál era el mío, y yo no tuve en aquel momento la entereza de negarle esa información con una muestra adecuada de reserva Anglo-Saxon. El avión que yo debería haber tomado varias horas antes volaría, si alguna vez amainaba la tormenta de nieve, a Buenos Aires, y fue al pronunciar ese nombre cuando sin yo saberlo estuve perdido del todo. Resultó que mi compatriota conocía esa ciudad, dijo, «como la palma de su mano», palma que ahora decididamente me tendió, más bien volcada hacia abajo, en una especie de dinámica horizontal que anunciaba un apretón de vehemencia temible y del todo innecesaria, según tenían por costumbre hace años los ejecutivos y los jefes de ventas españoles.

Previendo horas de calma y de lectura, yo me había resignado sin dificultad al contratiempo del blizzard, que según los mapas de los meteorólogos y las amenazantes imágenes transmitidas vía satélite borraba bajo una lenta espiral todo el nordeste de los Estados Unidos. Ya nevaba muy fuerte cuando viajé a Pittsburgh, siendo aún noche cerrada, en un tren rápido, confortable y casi vacío desde la estación de Humbert, Pensilvania, que está muy cerca (al menos en términos norteamericanos) del Humbert College, donde yo he venido labrándome en los últimos años una posición decorosa, aunque todavía insegura, como associate professor. Podía haber pedido a un compañero del departamento o a un estudiante que me diera un ride hasta la estación: preferí llevar mi coche y dejarlo en el estacionamiento subterráneo próximo a ella, evitando así la circunstancia siempre algo unpleasant de pedir un favor. (En América hay una frontera muy precisa, pero también invisible para el no iniciado, entre los favores que pueden pedirse y los que no, y un paso inoportuno al otro lado de ella puede traer consigo desagradables consecuencias, un enturbiarse repentino de la superficie tan afable de las cosas, un matiz elusivo en las miradas y las sonrisas, hasta ese momento tan francas, que uno recibía.)

Aún no había aceptado la posibilidad de que el mal tiempo me obligara a cancelar un viaje tan deseado, y de tanta relevancia profesional para mí, en aquellos momentos decisivos, pero tortuosos, de mi carrera académica. Pero esa madrugada, antes de llegar al aeropuerto, los weather forecasts de la radio ya se mostraban, como de costumbre en este país, infalibles. Empezó a nevar, tal como estaba anunciado, a las siete en punto de la mañana. En los primeros tiempos de mi vida en América yo desdeñaba la exactitud de esas predicciones con la típica incredulidad española, lo cual más de una vez estuvo a punto de costarme un disgusto, porque con un temporal de nieve a escala americana no caben frívolas improvisaciones españolas. El asombro y el pavor ante la escala del espacio y el poderío temible de la naturaleza son la primera lección que aprende el europeo recién llegado a un continente tan descomunal.

Ahora estaba seguro de que el blizzard iba a ser de los que hacen época. En el momento del check in me palpitaba ligeramente el corazón. Me daba cuenta de que no podría soportar que me anularan el viaje, que mi imaginación no aceptaba la expectativa del regreso a la estación acogedora, pero depresiva, de Humbert, al estacionamiento (qué horror que en España se haya generalizado la palabra «parking»), al olor de la calefacción de mi coche, a los patios vacíos y cubiertos de nieve del Humbert College, a mi casita de Humbert Lane, en la que algunas veces me encierro, el viernes a mediodía, terminada la última clase de la semana, con la certeza absoluta de que no hablaré con nadie hasta el lunes siguiente. Qué ancho se vuelve el tiempo entonces, acogedor y a la vez abismal, tan ligeramente opresivo como la calefacción, como el perfecto aislamiento de las casas contra el frío exterior, contra la oscuridad de esas noches en las que no se ve a nadie en toda la longitud de Humbert Lane. Las únicas huellas de presencia humana son los faros de algún coche que pasa, ni siquiera el ruido del motor, porque el hermetismo de los cristales y los ajustes de las ventanas lo borra.

La amable chica del desk, sin embargo, me ofreció una sólida esperanza: según las últimas observaciones la tormenta cedería en algún momento de las próximas horas, antes de arreciar de verdad, lo cual iba a permitir el despegue de un cierto número de aviones, entre los cuales, me aseguró la chica con una sonrisa no por profesional menos alentadora, se encontraba sin la menor duda el mío.

Me constaba que en la conferencia de Buenos Aires mi paper sobre el soneto *Blind Pew*, uno, para mi gusto, de los más excelsos de Borges, era esperado no sin cierto suspense. A una indudable satisfacción profesional, mi instinto latino superponía la avidez, sólo a medias reconocida, por encontrarme en una ciudad con calles y aceras en las que la gente caminara, por bares y cafés llenos de ruido de vasos y de conversaciones (aunque también, infortunadamente, de humo de tabaco). Ya imaginaba un tibio otoño austral que resarciera o al menos me consolara del despiadado invierno de Pensilvania, que no sólo había batido todos los récords del siglo en cuanto a su crudeza, sino que también amenazaba con sobrepasarlos en su duración. No soy hombre al que le venga grande la soledad ni que se deje abatir por la monotonía invernal del Humbert College, que otros han encontrado insoportable. Pero aquel spring semester (aunque aquí la palabra spring es sobre todo un involuntario sarcasmo) se me hizo el más largo de mi ya prolongada experiencia en América, así que cuando recibí la carta, con membrete de la Universidad Nacional San Martín, en la que se me confirmaba la invitación a la Conference sobre Borges, no exagero si digo, con oportuno casticismo, que vi el cielo abierto. Rápidamente puse bajo asedio benévolo, aunque insistente, a Morini, el chairman del departamento, hasta conseguir un go ahead, no por oficioso menos significativo para mí: en fechas cercanas se dirimía mi ascenso a la condición soñada de full professor, y cualquier mérito que pudiera añadir a mi currículum cobraba una importancia, nunca mejor dicho, decisiva.

Morini, que tiene la ventaja de ser latinoamericano, logró con su inveterada destreza administrativa que el departamento me costeara el fare del viaje (del hotel y la estancia se ocupaba la parte porteña). Me despidió calurosamente en su despacho, con un afecto que auguraba las mejores perspectivas para mí, pero no se privó de lanzarme una de sus pullas, que a lo largo de los años yo ya me he acostumbrado a no tomarle en consideración:

—Espero que al llegar al Cono Sur no se despierte tu sangre de conquistador español, y te entren ganas de ultimar a algunos indios.

Cosas de Morini. Otro descubrimiento del español en América es que ha de cargar resignadamente sobre sus hombros con todo el peso intacto de la Leyenda Negra. Pero lo importante para mí era que iba a leer mi paper en Buenos Aires, y que el apretón de manos, inusualmente warm, con que Morini se despidió de mí podía ser interpretado como un buen augurio para mi porvenir. En Buenos Aires, además, estaría en las fechas de mi visita, por una feliz casualidad, mi amigo y colega Mario Said, al que llevaba sin ver ya varios años, desde que por falta de paciencia o exceso de nostalgia volvió a la Argentina abandonando en Estados Unidos una carrera académica tal vez menos brillante de lo que su talento habría podido augurar.

En la vida los grandes cataclismos de felicidad o de desgracia son mucho menos frecuentes de lo que sugieren las novelas y el cine. Según mi experiencia (tampoco demasiado amplia, me apresuro a matizar), cuentan mucho más en la biografía de cualquiera esos pequeños disappointments que malogran las ocasiones de satisfacción no demasiado espectaculares, pero sí muy modestas, y por lo tanto muy sólidas, que suelen presentársenos a casi todos nosotros. En el aeropuerto de Pittsburgh, cuando me vi más o menos arrastrado por un compatriota inoportuno a tomar un café, «o algo más», según él dijo, en un sospechoso oak bar donde ya estaban instalados, o apalancados, como se dice ahora en España, dos gordos tristes y ostensiblemente redneck bebiendo cerveza, me di cuenta de todo lo que había esperado disfrutar de la lectura y de la simple expectativa del viaje en las horas que faltaban para que saliera mi vuelo, y de la desconsideración con que aquel hombre me había arrebatado una parte del tiempo que me pertenecía, y que ya no iba nunca a serme devuelto.

Furioso en secreto, expoliado de unas horas irrepetibles de mi vida, acepté que me invitara a algo, no a una cerveza, desde luego, sino a un prudente milk shake. Moví la cabeza afirmativamente mientras él me hablaba y sonreí mirándolo sin fijeza y sin atenderlo, aunque inclinándome hacia él, de esa manera en que todos sonreímos y decimos que sí con la cabeza en los parties. Así que, aunque acepté su tarjeta y la leí antes de guardarla y oí su nombre cuando me apretó con tanta fuerza la mano, no llegué a enterarme de cómo se llamaba, o me enteré y se me olvidó, o ni siquiera eso, las sílabas del nombre que sonaron en mi oído no llegaron a alcanzar esa zona de la corteza cerebral donde se interpretan (descodifican más bien) las percepciones auditivas. Yo creo que sólo empecé a hacerle algo de caso o me lo tomé más en serio un poco después, cuando se quedó callado frente al ventanal donde arreciaba la ventisca y dijo algo que sin él saberlo sugería una curiosa intertextuality con mi soneto de Borges:

—Pero da igual que yo no vuelva a Buenos Aires, es como si hubiera un tesoro esperándome siempre.

II

Frente a aquel ventanal contra el que golpeaba con violencia silenciosa la nieve agitada por el viento, la palabra Buenos Aires parecía nombrar desoladoramente una ciudad imposible, un lugar lejano del invierno adonde yo no llegaría nunca. Mientras mi compatriota inoportuno seguía hablándome yo dejaba de escucharlo para mirar de soslayo el monitor donde tal vez de un momento a otro se anunciaría la cancelación de mi vuelo. Indiferente a mi absentmindedness, terminó su Diet Pepsi, se tapó la boca para ocultar un eructo discreto, aunque no imperceptible, y se ofreció a traer dos nuevas bebidas. (Del ficticio oak bar nos habían desalojado una hora antes, en virtud de una de esas normativas minuciosas y del todo arbitrarias que aplica el Estado de Pensilvania a la venta y consumo de alcohol.) Yo quise darle los dos quarters correspondientes a mi Pepsi, pero él, con un españolismo que visto a distancia ya me parece algo disgusting, se empeñó en invitarme por tercera vez. He perdido la costumbre de las invitaciones tan efusivas como desordenadas que suelen hacerse en España, y me pone nervioso, casi me desconcierta tanto como a un americano, no estar seguro de cuándo o en qué medida debo corresponder. ¿No es mejor el práctico hábito anglosajón de dividir una cuenta a partes iguales, suprimiendo así el peligro de quedar en deuda, o de pagar en exceso? Pero para aquel hombre tales incertidumbres serían cuando menos exóticas: él lo hacía todo con una desenvoltura asombrosa, se movía por el aeropuerto y se acomodaba en los asientos de plástico como si fuera el dueño absoluto del espacio, y no tenía reparo alguno en chocarse o en rozarse con alguien, murmurando perdón o excuse me en un inglés imposible, sin darse cuenta de la mirada de recelo o de hostilidad que le dirigía la otra persona, como si estuviera en la barra de uno de esos bares de tapas y raciones que según creo hay todavía en Madrid, y en los que la gente choca y suda y se atropella con una promiscuidad física tan desenvuelta como los gritos que dan para charlar entre sí o reclamar la atención de los camareros.

Mientras se alejaba hacia la máquina expendedora de soft drinks yo aproveché para mirar furtivamente su nombre en la tarjeta que me había dado:

Marcelo M. Abengoa
Strategical Advisor
Worldwide Resorts

Llega a extremos enternecedores la fascinación de los empresarios y ejecutivos españoles por el idioma inglés, habida cuenta además de que la mayor parte de ellos manifiestan una incapacidad congénita para hablarlo con un mínimo decoro, con un acento que no resulte bochornoso escuchar.

El del señor Abengoa era, desde luego, decididamente helpless, pero él compensaba esa deficiencia con su desenvoltura envidiable, de la que yo aún carezco, después de todos estos años de vida en América y práctica cotidiana del inglés. Todavía me da miedo cuando he de usar una palabra de pronunciación difícil, y tengo observado que el desánimo o la melancolía afectan severamente a mi dominio del idioma. Contra todo pronóstico, Abengoa se hacía entender, y no sólo en un bar o en un counter de venta de billetes, sino incluso, según me contaba con toda naturalidad, y con una falta notable de vanagloria, en difíciles reuniones de negocios, lo mismo en Europa que en Estados Unidos, y últimamente también en algunos países asiáticos, Tailandia o Indonesia, por donde la firma en la que trabajaba había empezado a expandirse.

—Los españoles estamos comiéndonos el mundo, Claudio, y no nos damos cuenta, siempre con nuestro complejo de inferioridad, pidiendo perdón por donde vamos, en vez de tirar para adelante y cerrar con doble llave el sepulcro de don Quijote.

Tuve la tentación profesoral de corregirlo, explicándole que el sepulcro que había que cerrar con doble llave, según el rancio dictamen de Joaquín Costa, no era el de don Quijote, sino el del Cid, pero casi me conmovió aquel nuevo ejercicio de intertextualidad involuntaria, aquella mezcla, si se me disculpa la pedantería, de recio noventayochismo y de freudian slip, ejemplo magnífico tal vez de lo que Umberto Eco, durante la lecture memorable que nos dio en el Humbert Hall, llamó *la fertilitá dell'errore*. A partir de entonces, by the way, y usando quizás las prerrogativas de su cargo, Morini, al hablar del ilustre profesor italiano, se refería siempre a él como «Umberto»: Umberto le había mandado un e-mail muy afectuoso, Umberto le iba a escribir el prólogo a la traducción italiana de su último libro, el dean le había pedido a él, Morini, que en su calidad de amigo de Umberto le pidiera que aceptase un puesto de visiting professor. Qué duda cabe de que los latinoamericanos, aun siendo tan celosos de su identidad y sus raíces indígenas, nos llevan mucha ventaja en la soltura de su cosmopolitismo. Morini, en el party que hubo después de la charla multitudinaria del insigne semiólogo y (en mi opinión) dudoso novelista, le hablaba de tú a tú diciéndole, con la copa en la mano, «Caro Umberto». Yo apenas me atreví a acercarme y a murmurar con voz áspera, «Congratulations, Mr. Eco», huyendo enseguida hacia otra esquina del party, entre otras cosas porque Morini, sin duda por su nerviosismo inevitable de anfitrión, no se acordó de presentarme, y casi abarcaba él solo con su propia presencia todo el espacio disponible en torno al maestro.

—Tu Pepsi-Cola, Claudio —dijo Abengoa, tendiéndome la lata helada y rechazando de nuevo, con un ademán muy español de ofensa, las monedas que yo había vuelto a ofrecerle. Se sentó a mi lado, frente al muro de cristal, y chasqueó la lengua con un sonido de disgusto después del primer trago—. Hay que ver, lo que daría yo ahora mismo por una buena caña de Mahou, con mucha espuma, en la cervecería Santa Bárbara de Madrid, por ejemplo, con unas almendras fritas bien saladas, con un plato de berberechos... Eso, y una tía, las dos cosas mejores de la vida, el paraíso terrenal.

Mi locuaz compatriota había empezado poco a poco a interesarme, pero no por sus devaneos sexuales, sino por los textuales, y por el modo en que yo, como un lector, podía deconstruir su discurso, no desde la autoridad que él le imprimía (¿se ha reparado lo suficiente en los paralelismos y las equivalencias entre authorship y authority?) sino desde mis propias estrategias interpretativas, determinadas a su vez por el *hic et nunc* de nuestro encuentro, y —para decirlo descaradamente, descarnadamente— por mis *intereses*. No existe narración inocente, ni lectura inocente, así que el texto es a la vez la batalla y el botín, o, para usar la equivalencia valientemente sugerida por Daniella Marshall Norris, todo semantic field es en realidad un battlefield, incluso, se me ocurre a mí (tendría que apuntar esta idea para un posible desarrollo), un oil field en el que la prospección petrolífera sólo tiene éxito verdadero cuando llega a las capas más profundas.

Aun careciendo del menor atisbo de formación lingüística, Abengoa se daba cuenta de que toda lectura es, como mínimo, una segunda o tercera lectura, y que el signo verbal no es menos arbitrario o simbólico que una incisión paleolítica en el colmillo de un mamut. Me explicó que Worldwide Resorts, la empresa para la que trabajaba, era, en realidad, una compañía española, cuyas oficinas centrales están en Alicante (o en Alacant, según me he informado que es más correcto decir), lo cual no es obstáculo para que posea una nutrida y competitiva red de hoteles «de alto standing» en varios continentes. En cuanto a la denominación enigmática de su cargo dentro de la compañía, Strategical Advisor, Abengoa me la aclaró apelando con el mayor desparpajo a una nueva encrucijada textual:

—Yo soy el buscador de los tesoros escondidos, como si dijéramos.

En la última década, me explicó, no sin una fatigosa abundancia de vacuos tecnicismos empresariales, la compañía había llevado a cabo una expansión sólida y gradual fuera de España, «a nivel de los dos lados del océano», seleccionando hoteles más o menos en crisis, anticuados o mal gestionados, adquiriéndolos con toda clase de precauciones financieras y aplicándoles inmediatamente planes rigurosos de rehabilitación y viabilidad, de downsizing y uplifting, para usar el vocabulario, en ocasiones sorprendente, del propio Abengoa. En todo esto, su strategical advisory consistía en una tarea a medias de espionaje y de análisis financiero, de exploración aventurera y contabilidad. Era él quien viajaba por las capitales del mundo buscando hoteles que se ajustaran a los intereses de Worldwide Resorts, o estudiando otros cuyos propietarios los hubieran puesto ya en venta, pero que no habrían aceptado con facilidad la inspección exhaustiva de un posible comprador demasiado reticente.

—Y así me paso la vida, Claudio —me dijo, poniéndome embarazosamente, aunque por un solo instante, una mano en la rodilla, en un ademán de confianza o camaradería propiciado tal vez por la tormenta de nieve, certificado por nuestra condición de españoles—, de hotel en hotel, como si dijéramos, de ciudad en ciudad. Cansa, no te creas. Más de una vez me da la tentación de arrepentirme por no haberme quedado de asesor fiscal, que es lo que yo era antes, haciéndole a la gente las declaraciones de la renta y viéndoles la mala cara que ponen cuando se les dice lo que tienen que pagar. Aunque también te digo la verdad, a mí lo que más me gusta es ver mundo y conocer gente nueva.

Me había llamado la atención, entre tantas desvaídas figuras como pululaban por el aeropuerto, incoloras bajo la luz artificial, agriamente flacas o de una blanda e ilimitada gordura, la solidez física de Abengoa, la rotundidad española de su figura. No era alto, sino más bien stocky, y su cuello parecía más corto debido a un jersey de lana con dos botones en el hombro derecho y una hechura que le subrayaba la curva de una barriga notoria pero también fornida, la barriga de un hombre a la vez activo y familiar, tentado por el fitness pero también por la paella, y más aficionado a las cañas de cerveza y a los berberechos que a los complejos vitamínicos o al providencial Prozac. Tenía el pelo entreverado de gris y se peinaba con una raya anticuada. Lucía, en la claridad neutra y lívida del aeropuerto, un bronceado de pura salud casi rural, sin la menor sospecha de artificio. (No como Morini, dicho sea de paso, que se aplica en la cara un tanning torrefacto no indigno de Julio Iglesias, o de un magnate panameño del narcotráfico, y que tiene el pelo tan sospechosamente negro y abundante que unas veces da la impresión de que se lo tiñe y otras de que lleva peluquín, incluso de que se tiñe el peluquín.)

A mí cualquier viaje me deja desguazado, y no soy capaz de encarar sin desaliento las complicaciones más comunes de la vida práctica, tan llevaderas, sin embargo, en los Estados Unidos. No habría necesitado escuchar lo que Abengoa me estaba contando para darme cuenta de que tenía una constitución inmune a la fatiga, un frame of mind tan robusto que ni los compromisos incesantes ni el jet-lag de los viajes transatlánticos lo aturdían. Pertenecía a ese tipo de personas enérgicas y prácticas que a mí me han amedrentado a lo largo de toda mi vida, desde que en la infancia conocí a la primera de ellas, mi tío Guillermo, que hablaba muy alto y lo hacía todo muy rápido, que regentaba un negocio de ferretería, fumaba y conducía coches con la misma acelerada brusquedad, dándome siempre la sensación de que yo era muy torpe y muy lento, y además nada listo. Cada vez que encuentro una persona así noto el mismo principio como de encogimiento que cuando mi tío Guillermo llegaba a casa hablando muy alto y empujando la puerta como para ganar tiempo antes de que yo se la abriera. Siempre me acerco con miedo a los empleados de las ferreterías y de los talleres de automóviles. Me bastan unos segundos para reconocer ese modelo siempre idéntico de hombre hábil, decidido, veloz, y cuando uno de ellos me habla muy alto o se agita amenazadoramente cerca de mí con la energía de sus tareas y de sus destrezas pienso, igual que al ver a Marcelo M. Abengoa: «Otra vez el tío Guillermo.»

—Lo que es la vida moderna, Claudio, la revolución del transporte, como yo digo. —Hablaba sin darse cuenta de que por unos instantes yo no lo había escuchado—. Ayer estuve comiendo con unos clientes en Francfort. Y pasado mañana, desde Miami, tengo que volar a Santiago de Chile. Gran país, tremendo dinamismo. ¿Sabes cómo les gusta llamarse a los chilenos? Los jaguares del Pacífico...

Tan sólo de oírlo me mareaba un poco, casi me rozaba el golpe de viento de la agitación de sus viajes, como el trajín de los artefactos incomprensibles de la ferretería de mi tío Guillermo. Llegaba a una ciudad, me dijo, y desde el instante en que el taxi se detenía ante la puerta del hotel él ya estaba observándolo todo, especialmente aquello que un viajero no adiestrado, no profesional, nunca percibiría, los signos, en definitiva, los onion layers del significado, término este que a mí me da un poco de reparo traducir por «las capas de cebolla», los más obvios y los menos perceptibles, el grado de conservación del edificio y la limpieza de los puños del botones uniformado que le llevaba la maleta a la habitación, la calidad de los desayunos, la topografía de los alrededores, todo, hasta el olor y el ruido del aire un poco antes de que saliera el agua de los grifos.

Aquel hombre tan basto, tan franco, tan adicto a la carcajada y al apretón de manos, podía también volverse, me dijo, no sin cierto orgullo, un consumado espía. Con cualquier pretexto o sin ser visto se colaba en todas las dependencias, aun en las de acceso más restringido, probaba todos los servicios, todos los platos del menú, se instalaba durante horas en un sillón del vestíbulo con un periódico abierto y estudiaba el tipo de clientes que recibía el hotel y el grado de corrección o de kindness con que eran tratados. «Me gusta cómo se les llama aquí, Claudio, en América, no clientes ni huéspedes, sino guests, ¿se pronuncia así? Invitados. Estos tíos sí que saben.» Se fijaba en todo, lo escuchaba, lo olía todo. Tardaba un par de semanas en considerar que poseía toda la información necesaria para un dictamen certero, si bien esa nada española afición por la accuracy que descubrí en él se equilibraba, me explicó, con un olfato profesional instantáneo, comparable al del enólogo que sólo a través del aroma o del color de un vino ya predice sin vacilación su calidad, o al crítico impresionista de la vieja escuela que determinaba la «belleza» —entre comillas, desde luego— de un texto, o incluso su «valor» —¡comillas urgentes otra vez!— literario nada más que leyendo al azar unas pocas frases.

Desde que lo vi y empecé a escucharlo yo había creído dilucidar en Abengoa todos los síntomas del autodidacta, del self-made man. No sin sorpresa, y sin que él le diera a esa información demasiada importancia, me enteré de que poseía una licenciatura en Económicas y diversos másters en hostelería y gestión. Era capaz de leer balances e informes financieros sobre el input y el output y el cashflow que para mí habrían sido sin duda tan incomprensibles como los escritos teóricos de José Lezama Lima, por poner un ejemplo que espero no sea interpretado como antilatinoamericano. Pero para saber si un hotel estaba hundido para siempre o si tenía algún porvenir, me dijo, le bastaba entrar en el vestíbulo y oler el aire los primeros segundos, o mirar el color y el grado de desgaste de la moqueta, o el estado de las uñas o de los lacrimales de un recepcionista.

—Así que cuando empujé la puerta del Town Hall de Buenos Aires y respiré en el vestíbulo comprendí que aquel sitio estaba completamente acabado, Claudio, hundido, en el fondo, encallado, igual que un transatlántico, como si dijéramos, tipo Titanic. Hasta me entraron ganas de dar media vuelta y largarme de allí en el mismo taxi en el que había llegado, porque también me di cuenta, por el olor y por los uniformes grises de los empleados, de que aquella ruina no había ya modo de ponerla a flote, aunque ocupaba una manzana entera en el mismo centro de Buenos Aires, a tres pasos de la plaza de Mayo. Imagínate lo que valdría el solar, incluso en esos tiempos, te hablo del 89, cuando la hiperinflación, que parecía cada mañana que el país entero iba a irse al carajo. Los dependientes de las tiendas no daban abasto a cambiar las etiquetas con los precios. Se iba la luz porque no había dinero para comprar repuestos y arreglar las averías de las centrales eléctricas, las aceras parecía que las hubieran bombardeado, todas con socavones enormes, tapados de cualquier manera con tablas, parabas un taxi y si abrías la puerta con demasiada fuerza podías quedarte con ella en la mano, de lo viejos que estaban todos. Para los extranjeros, claro, aquello era la gloria. En tres días un dólar podía valer el doble. Por cuatro dólares podía uno comer como un príncipe en el mejor restaurante de la ciudad o llevarse al hotel a una periquita de lujo... Los aviones de vuelta volaban a Madrid con todas las turistas forradas en abrigos de pieles. Por cierto, que Mariluz todavía tiene el que le compré entonces, por ver si se ablandaba y me perdonaba. Había informes de que en medio de aquel desastre el propietario del Town Hall estaba ahogado financieramente y lo pondría en venta muy pronto. De manera que tomé un avión y me planté en Buenos Aires, yo las cosas las hago como las pienso, ya te digo, me bajé del taxi, le pagué al taxista con un puñado de esos billetes que tenían entonces, los australes, que valían menos que un puñado de pipas, entré en el hall, o en el lobby, como le dicen en inglés, y pensé, nada más llenarme los pulmones de aquel aire que olía a viejo: «Marcelo, este sitio es una ruina y lo seguirá siendo para quien lo compre, por muy barato que le salga.»

Mientras hablaba, Abengoa permanecía atento a todo, a la gente que pasaba, a los que se sentaban cerca de nosotros, a la nieve en los ventanales, a las mujeres especialmente, pude observar, y al mismo tiempo tenía un aire de concentración meditabunda, que daba de pronto a su cara una expresión fugaz de severidad, sobre todo cuando se refería a asuntos de su negocio: he meant business, como dicen aquí, y en cuanto llegaba ese momento comprendí que podía fácilmente intimidar, no ya a mí, que al fin y al cabo me asusto de cualquiera que me haga un gesto hostil o autoritario, sino a individuos curtidos en las guerras sin cuartel del mundo financiero, aún más temible, me imagino, que nuestras pequeñas intrigas y zancadillas académicas.

Con una vigorosa gesticulación a la que ya no estoy acostumbrado, Abengoa extendió los dos brazos hacia arriba como para abarcar algo inmenso, explicándome la enormidad del hotel Town Hall de Buenos Aires: tenía quince pisos en su cuerpo central, pero lo flanqueaban torreones y terrazas de diversas alturas, como en los rascacielos antiguos de Nueva York, a los que se parecía mucho en su arquitectura y en su colosalismo. Había sido muy moderno cincuenta o sesenta años atrás, en la edad de oro del Waldorf Astoria y del Rockefeller Center, en un Buenos Aires que parecía destinado a una pujanza tan sin límites como la de las grandes metrópolis de Norteamérica. Cuando Abengoa entró en él, el Town Hall era ya como un museo arqueológico de la hostelería del siglo XX, con vigilantes de uniforme gris que, por falta de personal, hacían de recepcionistas, de camareros y de botones, incluso de ascensoristas, porque aquél era uno de los pocos hoteles del mundo que aún no había abolido los ascensores manuales. Un muchacho mustio, con granos en el cuello, dotado de un gorro cilíndrico con barbuquejo y de una paciencia o una resignación de otro siglo, atendía a los timbrazos que sonaban en cada piso y manejaba con la mirada vacía palancas con mangos de cobre y de latón dorado y puertas metálicas plegables que daban una extraordinaria sensación de precariedad al viajero acostumbrado a la solvencia de los ascensores automáticos.

Su mujer iba a reunirse con él unos días más tarde: Abengoa pensó que a ella el hotel le gustaría. A las mujeres, me dijo, les gusta ir a sitios que parezcan de época, les hacen sentirse distinguidas y románticas:

—Si de algo entiendo yo, Claudio, es de hoteles y de mujeres. Pero desengáñate, la experiencia me dice que no hay hotel como la casa de uno, y en lo que respecta a las mujeres, después de haber probado algunas (no tantas como camas de hotel, no vayas a creerte), me quedo con la mía. Seguro que me comprendes, tú tienes mucha cara de casado. Ojo, no digo que lo estés: digo que tienes cara de casado, eso es también como un sello, como el que llevamos los españoles en el extranjero.

III

Lo recuerdo viniendo hacia mí con un refresco en cada mano, sonriendo mucho, como si propusiera un doble brindis, con su jersey marrón que le estaba un poco demasiado justo y que seguramente le habría tejido su mujer y un opulento abrigo echado sobre los hombros, de una manera que me pareció más bien old fashioned, como se lo ponía mi padre cuando yo era pequeño, al arreglarse cada tarde para ir al café. El abrigo sobre los hombros me parecía entonces tan distinguido, tan masculino, como la brillantina en el pelo echado hacia atrás y el cigarrillo que mi padre se ponía en los labios nada más salir a la calle, con inconsciencia suicida, ajeno a la sombra negra del cáncer que ya habría empezado a oscurecerle los pulmones.

Abengoa estaría, calculé, en sus late forties, y su corpulencia ágil, su estatura chata, su pelo peinado con raya, contrastaban con la apariencia de las personas que iban y venían por el aeropuerto tan llamativamente como la lana de su jersey, el paño y el corte europeo de su abrigo y el cuero de sus zapatos se distinguían de las t-shirts y de las desaliñadas prendas y zapatillas deportivas que llevaba todo el mundo. Me tendió mi Diet Pepsi y al sentarse a mi lado señaló con la suya, todavía sin abrir, en dirección al ventanal donde ya casi empezaba a anochecer, sin que nuestros vuelos fueran anunciados ni cancelados, sin que hubiera el menor síntoma de que en un tiempo aceptable se terminase aquella espera eterna en la irrealidad creciente del aeropuerto de Pittsburgh: empujada por el viento, la nieve, en la luz cada vez más escasa, cobraba una fosforescencia sucia.

—Hay que ver —me dijo, entornando los ojos, no sé si adormecida o soñadoramente (una irritante deficiencia del español es que usa la palabra sueño para dos cosas tan distintas como sleep y dream)—. Parece mentira, si te paras a pensarlo. Nosotros aquí perdidos en una tormenta de nieve, y en Miami, ahora mismo, todas esas chiquitas rubias bañándose en topless...

—Esto no es España —le dije, no sé si para ilustrarlo o para desengañarlo de esa idea tan española, nacida sin duda de las películas, de que en Estados Unidos reina una gran libertad de costumbres—. Si una mujer se quita aquí la parte de arriba del bikini la llevan presa por escándalo público.

Tuve un instante de abatimiento invencible: nunca iba a salir mi avión hacia Buenos Aires, aquel hombre no iba a dejar de importunarme con sus confidencias, con sus exageraciones y sus manías españolas, con su impávido sexismo. En los monitores de vídeo se alternaban los mapas meteorológicos de la costa Este y las columnas de los horarios y destinos de vuelos junto a los que parpadeaban signos de delayed o cancelled. El mío, por fortuna, aún era de los primeros, aún me estaba permitido un cierto grado de esperanza. En un televisor el anchor de un programa de la CNN hablaba ya de la tormenta de nieve llamándola Blizzard '94, como si fuera un acontecimiento deportivo o uno de esos megahits del grandioso show biz norteamericano.

Afuera, en las pistas borradas por la nieve y la niebla, el viento alcanzaba temperaturas polares, pero el interior de la terminal de tránsitos, con el suelo forrado de moquetas color burdeos, estaba tan insanamente overheated que Abengoa y yo acabamos por quitarnos los abrigos y las chaquetas, y al poco él tuvo que sacarse también su recio jersey de lana, hecho para climas más humanos, pero para calefacciones menos tórridas. Con una inconsecuencia muy norteamericana, una chica gorda, con pantalón de chándal y t-shirt de manga corta, lamía un ice cream casi tan montañoso como ella apoyándose en el muro de cristal, de espaldas al panorama ártico de la snowstorm. Abengoa la miró con cara de pena. Miraba exactamente a todas las mujeres, sin que se le pasara ninguna, calibrándolas de arriba abajo en fracciones de segundo, en parpadeos más rápidos que los de una Polaroid.

—Para mujeres las de Buenos Aires, Claudio, ya las verás cuando llegues. Inolvidables. Espectaculares. Matrícula de Honor. He recorrido medio mundo, y puedo decirte que la calidad de la pierna femenina en el Río de la Plata es insuperable. Ojo, también en la otra orilla, la banda oriental, como dicen ellos, en Montevideo. En Montevideo destacan, por así decirlo, las morenas con el pelo liso, lo tienen tan negro que les brilla como crin de caballo. En Buenos Aires lo mejor son las rubias, teñidas o no, da lo mismo, las rubias y las pelirrojas, Claudio, de parar la circulación. Porque además está cómo se visten, las minifaldas ajustadas que se ponen, los tacones altos. ¿Te has dado cuenta de que en todas las horas que llevamos sentados aquí no ha pasado ni una sola mujer con tacones?

No me había dado cuenta, claro. Uno se va haciendo poco a poco a la vida de aquí, y cuando vuelve a España ya encuentra algo upsetting que las mujeres se pinten los labios y se pongan tacones y minifalda para hacer el shopping en la mantequería de la esquina, o que las chicas acudan a la junior high school maquilladas como gheisas, con corpiño, o top, según creo que llaman a esa prenda innegablemente turbadora, con los tiernos ombligos al aire, traspasados por un anillo... Por lo demás, oír hablar de mujeres en términos físicos era algo que me sonaba igual de antiguo que el abrigo echado por los hombros de mi padre, o que aquellos cigarrillos negros sin filtro que ya entonces habían empezado a matarlo sin que él lo sospechara.

Mientras escuchaba a Abengoa, yo miraba instintivamente a mi alrededor, por miedo a que aquella conversación fuera sorprendida, como si estuviera en el departamento y alguna faculty de feminismo agresivo rondara en busca de una oportunidad de acusarme de verbal harrassment o de male chauvinism. Pero él, Abengoa, estaba claro que vivía en otro mundo, no sé si más feliz, pero sí menos sobresaltado. Su ignorancia de las tremendas gender wars me pareció, contra mi voluntad, tan envidiable como su desenvoltura de narrador inocente, o naïf, para ser más exactos, aunque ya sé que tal noción es en sí misma tan discutible, tan, lo diré claro, *sospechosa*, como la de autor, o la de (italics, por supuesto) *obra*.

—Las mujeres y los hoteles —dijo, como recapitulando, bebiendo tan pensativamente como si probara un sorbo de vino, y esa declaración fue el principio de su confidencia, o de su relato, si he de aplicar le mot juste, pues hasta entonces, cabría decir, se había limitado a enunciar lo que llama Derrida su aparato pretextual—. Ésa es mi vida, Claudio, con sus luces y sus sombras, no te lo niego. A causa de una mujer y de un hotel no puedo volver a Buenos Aires...

Era de esas personas que buscan siempre corroboraciones materiales o documentales a lo que están diciendo: si hablan de su mujer y de sus hijos, nos muestran la foto que llevan en la cartera; si aseguran que un poema o una música los emocionan, se remangan casi temiblemente la camisa para que veamos cómo se les eriza el vello nada más que al mencionar esa emoción arrolladora; si nos cuentan que pertenecen a un club de aviación, o de pesca submarina, producen inmediatamente del interior de un bolsillo la tarjeta que lo certifica. Abengoa, al hablarme del hotel Town Hall («esos argentinos, siempre con la manía de ponerle nombres ingleses a todo»), rebuscó en una bien surtida cartera hasta encontrar un pequeño calendario de algunos años atrás que tenía en el reverso la foto en color de un edificio vagamente parecido al Waldorf Astoria, con un letrero vertical en la fachada que imitaba el del Radio City Music Hall. Entonces no me paré a pensar en la rareza de que Abengoa siguiera llevando en la cartera un calendario tan pasado. Era una foto nocturna, pero los colores del letrero luminoso y del cielo azul marino, así como la luz que procedía del lobby y brillaba en algunas ventanas, tenían esa crudeza de las postales turísticas españolas de los años sesenta: justo cuando el bigote fino de mi padre era aún negro y él salía a la calle con el abrigo por encima de los hombros y un cigarrillo recién encendido en un lado de la boca, en esos tiempos en que las estrellas de cine todavía fumaban y las compañías tabaqueras guardaban el secreto del cáncer de pulmón. Qué raro, pensé, mientras Abengoa no dejaba de hablarme, que este hombre no mucho mayor que yo me esté haciendo recordar a mi padre.

—No te niego que desde fuera el edificio impresiona —estaba diciendo Abengoa cuando volví de mí mismo, del breve sueño pasajero en el que aparecía mi padre, joven todavía e intocado por la muerte, con su pelo negro y ondulado, con la sonrisa que tenía al volver a casa, cuando se quitaba el abrigo de los hombros, pero no el cigarro de la boca, y sacaba del bolsillo, como regalo para mí, un cucurucho de papel lleno de cacahuetes recién tostados, o de castañas asadas, si era el tiempo—. El hall, las lámparas, incluso los ascensores, si me apuras, a pesar de aquellos manubrios, tenían clase, como dice Mariluz, que en cuanto vio aquellas maderas y aquellas alfombras se quedó encantada, como romántica que es. Todo lo antiguo le gusta, no puede remediarlo, las civilizaciones, el antiguo Egipto, todo lo exótico, el Oriente, los Califas, la China milenaria. Cada vez que la llevo a la Alhambra y entra en el Patio de los Leones se echa a llorar, se queda en éxtasis, dice que en una encarnación anterior ella debió de ser una sultana o una princesa mora. Recuérdame que te enseñe después la foto que nos hicimos los dos vestidos de moros en la Alhambra, una de esas fotos que parecen antiguas...

Temí que buscase de nuevo en la cartera, que me enseñara la previsible sucesión de sus snapshots de familia. También, debo confesarlo, me impacientaba aquella divagación tan poco pertinente al hilo principal de su historia. ¿Me estaba convirtiendo, a esas alturas de mi vida profesional, en un receptor pasivo y acrítico, en eso que Cortázar llamó, certera, pero infortunadamente, «un lector hembra»? ¿Estaba Abengoa, sin saberlo, ejerciendo la digression como transgression, como ruptura del discurso narrativo canónico, al modo de ciertos textos de Juan Goytisolo que yo mismo analicé en un paper titulado *Homo/hiper/hetero/textualidad*, al que hizo una mención muy breve, pero halagadora, el profesor Paul Julian Smith en uno de sus trabajos más recientes? (Imagino el disgusto que se llevaría Morini cuando leyó mi nombre en un artículo de la indiscutible primera figura de los Hispanic Studies.)

—Perdona, Claudio, que no me acuerdo de lo que estaba contándote —por instinto Abengoa regresaba a la narración lineal—. Con tantos aeropuertos y cambios de horario no tiene uno la cabeza en su sitio.

—El hotel de Buenos Aires —dije, algo nervioso, impaciente—. Tu llegada.

—Pues lo que te digo —había guardado el calendario y la cartera y se cruzaba de brazos para resumir confortablemente su narración—. Un desastre. No quiero contarte en qué estado se encontraban las habitaciones, sobre todo en los pisos más altos, en el piso quince, que fue a donde me mandaron, al extremo de un ala, como si el hotel estuviera lleno, aunque yo ya me había dado cuenta de que no podían tener más de cuatro o cinco habitaciones ocupadas. ¡Cuatro o cinco, Claudio, de un total de novecientas! Los muebles de desecho, el espejo del armario roto, la mesa de noche quemada de colillas, y también la colcha, claro, y la moqueta, tan raspada que en algunos sitios se veía la tarima de madera, y la televisión de aquellas en blanco y negro con la pantalla abombada. Del cuarto de baño ni te cuento, de una falta de profesionalidad vergonzosa, de juzgado de guardia, la ventana que no cerraba bien, la ducha de aquellas que antes llamábamos de alcachofa, toda oxidada, una pastilla de jabón a medio gastar, el papel higiénico negruzco y áspero, como el que tenían en los hoteles soviéticos, que te lijaba el culo, con perdón, te lo digo por experiencia, de cuando estuvimos Mariluz y yo en un viaje organizado por la ruta del Doctor Zhivago. La habitación, un verdadero mausoleo, y la cama un ataúd, con el somier flojo, que se hundía hacia el centro, y la ropa de cama una mortaja, pero todo, eso sí, de gran lujo, la cama queen size, la bañera doble, el lavabo de mármol, los muebles con terminaciones de marfil y aluminio. Un lujo, por lo menos, de hace sesenta años, y sin que hubieran tocado ni arreglado nada desde entonces, las puertas que no ajustaban, las sillas cojas, la cisterna del retrete gorgoteando día y noche, la televisión con rayas, que había que darle un golpe para que se quedara quieta la imagen, y además sólo podía verse tres o cuatro horas al día, por las restricciones eléctricas de entonces. Ésa era otra, los cortes de energía. Se iba la luz de pronto y tardaba horas en volver, así que si un negocio no disponía de su propio generador iba a la ruina, se pudría la comida en los frigoríficos, se quedaba la gente atrapada en los ascensores o tenía que subir a pie diez o quince pisos...

No era sólo el hotel Town Hall, me contó, era Buenos Aires entera desmoronándose, cayéndose a pedazos, las aceras reventadas, tapadas con tablones, los cables ilegales del teléfono o de la electricidad que se quemaban de noche y caían ardiendo a la calle, las tiendas de lujo de la calle Florida o del barrio de la Recoleta iluminadas por bujías o velas o lámparas de keroseno en los atardeceres, el ruido monótono de los generadores de electricidad oyéndose en todas partes, la gente yendo de un lado a otro desesperada o alucinada, contando billetes usados en medio de la calle o en los autobuses que se caían de viejos, haciendo colas ante las puertas de los bancos para desprenderse de la irrisoria moneda nacional y comprar dólares.

—Yo me había citado con Mariluz en Buenos Aires, por aquello de conformarla un poco por tantos viajes en que la dejaba sola, ya sabes, una segunda luna de miel. Además, a ella le gustan mucho los tangos, todo lo que sea típico, lo auténtico, como dice ella, nada de imitaciones, se muere por la samba brasileña, y por el fado portugués, pero el tango es que la vuelve loca. Viajar a Buenos Aires y escuchar tangos en El Viejo Almacén era el sueño de su vida, lo más grande, no sé, como para un japonés escuchar el concierto de Aranjuez en Aranjuez. Esto era un miércoles, y ella iba a llegar el viernes, pero cuando vi el aspecto que tenía el hotel estuve a punto de llamarla para que cancelara el billete. Y la llamé, ahora que me acuerdo, pero el teléfono no funcionaba, la gente robaba entonces los cables del teléfono para vender el cobre. Tampoco podía llamar al room service, en caso de que lo hubiera, así que decidí salir a tomar algo antes de que se me hiciera más tarde, y también para no quedarme dormido a deshoras, es lo peor que puedes hacer cuando vuelas tan lejos y se te trastorna el reloj biológico, como yo digo. Actividad, Claudio, es el único remedio, lo peor es quedarse tirado en la cama y ponerse triste mirando la televisión, que también era de pena. Imagínate, eran tan pobres que en los concursos el premio máximo podía ser una cafetera, o una batidora. Guardé mis cosas en el armario, me di una ducha en aquel cuarto de baño repugnante, intenté llamar de nuevo a Mariluz o a recepción y seguía sin haber línea, puse la tele y no había empezado todavía la programación, ya te digo que sólo funcionaba cuatro horas, de seis a diez de la noche. Así que nada, había que tirarse a la calle. Y mira por dónde, justo cuando yo salía de mi habitación vi que se abría una puerta en el otro extremo del pasillo. Pero en vez de a una criada vieja, una mucama, como dicen ellos, o uno de esos huéspedes con cara de momia que hay en los hoteles antiguos, ¿sabes a quién vi aparecer?

Dije que no con impaciencia, ya puerilmente atrapado en el relato: en su manejo de las pausas Abengoa mostraba un perfecto control de los devices narrativos.

—A una tía de caerse de espaldas —dijo, triunfal, tras unos segundos muy calculados de silencio—. A la mujer más guapa que he visto en mi vida.

IV

Abengoa era un yacimiento inagotable de sexismos verbales, un arcaico depósito sedimentario del idioma español (y de las implícitas ideologías patriarcales de dominación) con el que yo me había topado por azar en el aeropuerto de Pittsburgh, aislado no se sabía para cuánto tiempo por uno de los blizzards más tremendos del siglo, según repetían con victorioso entusiasmo los weather men (y women) de la televisión. Me veía a mí mismo como enfrentado a un case study, como un antropólogo que encuentra de repente a uno de los últimos miembros de una tribu al filo de la extinción. ¿Cuántos años habían pasado desde la última vez que yo oí hablar de (quote) «una tía de caerse de espaldas» (unquote)? ¿Diría también Abengoa que aquella mujer a la que vio en el pasillo del Town Hall estaba como un camión o como un tren, o que (comillas, por favor) «tenía un polvazo»?

Dijo que lucía una gran melena rubia, un traje de chaqueta oscuro, ancho en los hombros y muy ceñido a las caderas, unos tacones que la hacían parecer más alta, «aunque sin la menor necesidad», unos ojos rasgados, verdes, felinos (el adjetivo es suyo), espléndidamente maquillados, que se fijaron enseguida en él al mismo tiempo que su boca grande y carnal le sonreía sin reserva ninguna, la típica sonrisa de la mujer porteña, me anunció, como quien le anticipa las maravillas de un país al viajero que se dispone a visitarlo por primera vez.

—Pero no la vi más que unos segundos —prosiguió, right to the point, ajeno a toda incertidumbre, a todo sobresalto teórico—. Porque vino un apagón y yo no tenía mechero ni cerillas. Justo un poco antes me había quitado del tabaco, el cuatro de abril, ahora ha hecho cinco años.

Dio unos pasos en la total oscuridad y rápidamente se sintió perdido. Su acendrado miedo al ridículo —otro rasgo arqueológico de españolidad— le impedía pedir auxilio, llamar a la mujer para que le ayudara a orientarse. No escuchó pasos, ni el sonido de ninguna puerta, pero le pareció que sonaba muy cerca el motor de una aspiradora. También olió un aroma fuerte de colonia o perfume, tal vez de madreselva, que lo excitó mucho, me dijo, ya que una de sus flaquezas eran esos olores refinados de las mujeres, «que las envuelven —añadió, ya emocionado—, y al oler el aire cerca de ellas parece que uno estuviera oliéndoles la piel debajo de la ropa».

Pensó en el hueco de las escaleras y en el del ascensor, en los quince pisos de profundidad que podrían abrirse ante él si daba un mal paso. En la oscuridad notaba de golpe todo el derrumbamiento físico de las catorce horas de vuelo transatlántico. Entonces volvió la luz y se encontró paralizado y absurdo en medio del pasillo, y ya no vio ni rastro de la mujer que lo había mirado tan prometedoramente unos segundos atrás. Sí vio a una criada de uniforme que cruzó al fondo, de una habitación a otra, con una aspiradora en la mano, moviéndose como furtivamente, volviendo la cabeza hacia él y haciendo luego como que no le había visto, quizás por temor a que le pidiera algo. Durante un segundo le pareció que atisbaba en el aire un olor a madreselva. Pensó distraídamente que el ruido que le había llegado un poco antes no podía ser el de la aspiradora. ¿Cómo iba a serlo, si no había corriente eléctrica? Pero de nuevo Abengoa se aventuraba a un twist narrativo:

—Claudio, por cierto, ¿tú estás casado? —dijo de pronto.

—Lo estuve —creo que no pude evitar un gesto de desagrado o de melancolía al responderle. ¿Pensaba que el impudor con que se refería a su propia vida le autorizaba a enterarse de la mía? Iba a decirle, casi contra mi voluntad, que estaba divorciado de una mujer norteamericana, y que me quedaba el triste alivio de no haber tenido hijos que siguieran atándome a ella a pesar de la ruptura y la distancia, pero Abengoa ya estaba en otra cosa, en lo suyo, apenas habría oído mi respuesta.

—Pues entonces comprenderás lo que voy a decirte. Los hombres, Claudio, no tenemos arreglo. Yo no sé éstos de aquí, pero lo que es a nosotros, los latinos, los españoles, no hay quien nos corrija. Como yo digo, la jodienda no tiene enmienda. Unos minutos antes yo estaba sintiéndome solo en la habitación del hotel y pensando en las ganas que tenía de que llegara Mariluz. Ya sabes: Buenos Aires, el tango, la segunda luna de miel y tal. Y que conste que yo a Mariluz la idolatro, Claudio, veintidós años casados y ni un solo día me he arrepentido ni he tenido la tentación de dejarla por otra. Bueno, pues vi a la rubia en la puerta de aquella habitación y me olvidé completamente de Mariluz. Peor todavía, Claudio, para que no digas que te oculto nada, me puse a calcular el tiempo que me faltaba para intentar beneficiarme a la rubia antes de que Mariluz llegara a Buenos Aires, menos de cuarenta y ocho horas después.

Era muy improbable que aquel hombre hubiera leído *Les Confessions* de Rousseau: y sin embargo había heredado su influjo, casi hacía paráfrasis de sus peores excesos de exhibicionismo. Abengoa, como Rousseau, parecía incapaz de callarse nada, no por simpatía hacia mí, ni por necesidad de confiarse a alguien, sino nada más que por hablar, por la pura urgencia española de conversar con quien sea, o de pegar la hebra, como dice siempre mi colega C.W. Waynne, de Lincoln, Nebraska, que es un enamorado de Delibes, hasta tal punto que en invierno lleva boina, y no gorro de nieve, y está teniendo problemas en su departamento, radicalmente non smoking, por su afición a fumar picadura.

—Las cosas como son, Claudio, yo me conozco: si estoy en casa, en España, no hay ningún peligro, me encuentro en la gloria con Mariluz, y con mis dos hijas, que son estupendas, la mayor hace Filología Inglesa y la pequeña empieza el curso que viene Empresariales. Pero cuando salgo al extranjero, cuando me veo solo en un hotel, en otro país, no tengo remedio, incluso antes, nada más llegar a la terminal internacional de Barajas ya se me están yendo los ojos, ¿no te pasa a ti? Ese bullicio, todas esas mujeres, de todas las razas, tan misteriosas, empujando sus carritos de equipajes, llamando por teléfono cualquiera sabe adónde. Si se me cruza una que me gusta no paro hasta tirarle los tejos, y nunca me doy por vencido antes de presentar batalla, que es lo que les pasa a tantos hombres, que se rinden sin luchar, como yo digo, sobre todo ahora, que hay tantos como afeminados, como debilitados, con esos pendientes y esas coletas que se dejan. ¿Has leído eso que dice un informe científico, que cada vez producen menos espermatozoides? Yo subo al avión y ya voy pensando si me tocará en el asiento de al lado una de esas rubias estupendas que he visto esperando en la cola, o fumando en la cafetería, pasan cerca de mí y abro bien la nariz para oler mejor esas colonias extranjeras que se ponen, y si me roza una en el pasillo del avión, o al entrar o al salir del lavabo, en esos vuelos que duran toda la noche, me da como un instinto de irme detrás de ella, como siguen los perros el rastro de las hembras, aunque esté fea la comparación. ¿No te pasa lo mismo cuando sales al extranjero?

«Yo es que vivo en el extranjero», pensaba haberle dicho, pero en ese momento Abengoa había dejado de hacerme caso, tal vez sumergido en un paréntesis de contratiempo y actividad frustrada que lo apartaba de su narración, y hasta de mi presencia. Miró el reloj, se removió en el asiento, miró de soslayo a una chica que pasaba, y que sin duda no merecería su interés: una rubia mustia, con anchas gafas de miope, con coleta, en bermudas, con sneakers de colores reflectantes. Qué raro no haber notado hasta entonces lo que a él le desazonaba tanto, que no hubiera mujeres bien vestidas en el aeropuerto, que no se escucharan entre tantos pasos cansados y bovinos el redoble de unos zapatos de tacón...

Hacía un rato que era noche cerrada y ya no soplaba el viento. La nieve caía muy tupida, suave, vertical, porosa, y a la luz de los grandes reflectores se distinguían algunos aviones inmóviles en las pistas de aterrizaje. Tenía hambre, y le ofrecí a Abengoa uno de los whole wheat sandwiches que me había preparado en casa antes del viaje, a fin de evitar los precios delictivos que cargan en los snack bars de los aeropuertos, así como las muy dudosas cualidades nutritivas de los alimentos que expenden. Comió con agradecimiento y voracidad, aunque no sin manifestar su añoranza por la, según él, incomparable comida española, por la dieta mediterránea. Yo creo que la euforia del lunch —modesto, pero sustancioso— le animaba a continuar más enérgicamente su relato. Si en ese momento hubieran anunciado la salida de su vuelo o del mío estoy seguro de que se habría sentido disappointed. ¿Pero no me habría ocurrido lo mismo a mí? ¿No es el relato, y sobre todo el relato oral, un territorio cómplice?

—Podía haber esperado a encontrármela abajo, en el bar o en el hall, pero para ganar tiempo, ya sabes que yo lo tenía muy justo, me armé de valor y llamé a su puerta, sin preocuparme siquiera de inventar un pretexto. Pero no me contestó nadie, y además no se veía luz, ni se oía nada dentro de la habitación, así que pensé que a lo mejor había llamado a una puerta que no era. Rondé un rato por el pasillo, pero no vi ni oí nada, y además la misma criada vieja de antes, la mucama, andaba por allí con su aspiradora y sus trapos de limpieza, sin limpiar nada, desde luego, pero mirándome raro, como si supiera lo que yo estaba buscando. Llamé al ascensor para bajar al hall. Tardó una eternidad en subir, y cuando el ascensorista abrió y volvió a cerrar la cortina metálica y empezó a manejar aquellos botones y manubrios tan antiguos, la caja se movía de una manera muy brusca, como desplomándose y parándose luego, y todo crujía y gruñía, ya sabes, como esos armatostes antiguos, y yo pensaba, estoy a quince pisos de altura, verás como haya un corte de luz o este tío tan pálido se equivoque de palanca.

—No se preocupe —le dijo el ascensorista, acostumbrado sin duda a adivinarles el pensamiento a los viajeros novatos—. Le informo al señor de que en sesenta años esta maquinaria sólo ha fallado una vez.

Por aprensión, Abengoa no quiso preguntar cuándo, ni con qué consecuencias. En el lobby vio con cierta sorpresa que había dos o tres recién llegados con bolsas y maletas rellenando impresos en el desk de recepción. La burocracia en Argentina es terrible, me dijo, siempre proclive a las informaciones pedagógicas, mucho peor que en España, para que nos quejemos tanto: hasta para salir del país le hacen a uno rellenar papeles y papeles, y poner sellos, y pagar tasas. En aquel momento, en el lobby del hotel Town Hall, la inquietud erótica que se le despertaba en el extranjero llegaba a borrarle su preciado instinto profesional: sólo tenía ojos para buscar a la mujer a la que había visto un instante en el pasillo del piso quince.

Examinó el bar, que era inmenso y estaba en penumbra, y tenía anchas columnas blancas cuyos capiteles dorados se perdían en las oscuridades del techo y arañas tremendas, aunque cubiertas de polvo y sin duda inservibles, que él sentía gravitar sobre su cabeza como si estuvieran a punto de caérsele encima. Todo eran reliquias de viejas grandezas decaídas, dijo Abengoa, «estilo inglés, que es lo que les gusta a los argentinos»: había hondos sillones de cuero deslucidos o desollados, estanterías con libros que no tenían pinta de haber sido abiertas en medio siglo, mesas bajas sobre las cuales podía encontrarse un ejemplar de *La Nación* o *The Times* sujeto por un bastidor de madera, «ya sabes, como en los clubs ingleses».

En la barra, un barman con smoking rojo agitaba una coctelera. Inclinó exageradamente la cabeza lamida de gomina cuando Abengoa pasó cerca de él, dedicándole una sonrisa cuyo servilismo quedaba malogrado por la notoria ausencia de un diente.

Del bar se pasaba al comedor por un arco de proporciones catedralicias. Había, calculó con ojo experto, unas doscientas mesas, y todas ellas tenían puesto un mantel y un servicio perfectamente ordenado para la cena, con cubiertos de plata ligeramente amarilla y cristalería exquisita, pero no se veía el menor rastro de camareros ni de comensales. Vio fugazmente, o creyó que veía, a alguien sentado muy al fondo, medio oculto por una columna. Su instinto de cazador, de skirt chaser para decirlo con más exactitud, se sobresaltó durante unos segundos, los que tardó en darse cuenta de que aquella figura inmóvil, iluminada por la luz de la mesa en la que apoyaba los codos, no era la mujer a la que había visto en el corredor. En realidad, descubrió fijándose con más cuidado, después de un parpadeo, aquella figura que había imaginado ver con tanta exactitud, el pelo rubio y el rojo de los labios tentadoramente resaltados por la luz artificial, incluso el hilo vertical de humo de un cigarrillo, no era más que una sombra, y ni siquiera de una presencia humana, sino tal vez de uno de los brazos de las arañas del techo, un espejismo de su propio cerebro y de sus ojos fatigados.

La soledad entonces lo desalentó, cosa muy poco habitual en él, que atribuía tales abatimientos a los desarreglos horarios y alimenticios, al mero efecto del jet-lag. Habría debido quedarse a cenar en el hotel, para investigar la calidad de la comida y del servicio, pero imaginaba de antemano que ambos serían espantosos, y aunque no era nada tímido lo arredraba un poco sentarse a solas en aquel comedor tan inmenso, tan abrumado por la proximidad de la ruina.

Decidió que saldría a cenar algo: lo desanimó el aspecto de la ciudad solitaria y a oscuras. «Parecía que todo el mundo se había marchado, Claudio, que habían dado al país por imposible. En la plaza de Mayo, ni siquiera en las ventanas de la Casa Rosada había luz. Como si hubieran dicho, apaga y vámonos.»

La única luz de toda la plaza era una llama que ardía, dijo Abengoa, en uno de esos braseros de bronce que se ven en las películas de romanos, junto al muro de un edificio con columnas «de templo clásico», precisó, no sin volver a informarme de la pasión de su mujer por todo lo que tuviera que ver con la Antigüedad. La llama, agitada por el viento, difundía una claridad rojiza e inestable sobre la acera: esta vez Abengoa sí vio con exacta nitidez a la mujer del hotel, con el mismo traje de chaqueta, la melena ahora pelirroja por el brillo del fuego. Sin que lo detuvieran consideraciones de decoro o cansancio se lanzó a cruzar entre los jardines de la plaza, de pronto animoso y lúcido, despejado, sin rastro de jet-lag, sintiendo que su deseo crecía con una oleada cálida de certidumbre: la mujer estaba sola en Buenos Aires, tan sola como él, había salido a cenar y al verle a él había resuelto, con la desenvoltura admirable de las extranjeras, que irían juntos a un restaurante, ahorrándose el oprobio que pesa siempre sobre los comensales solitarios. «Imagínate, Claudio, me puse a cien cuando vi que me reconocía, que me hacía un saludo con la mano.»

Pero el saludo no debió de ser de bienvenida, sino de adiós: cuando Abengoa llegó al otro lado la mujer ya no estaba parada junto a las columnas de aquel edificio, que resultó ser la catedral. Buscó en las zonas oscuras del atrio, siguió caminando por la acera en dirección a una calle muy ancha y algo mejor iluminada, aunque no mucho, con tal aire de desolación que se sorprendió al comprobar que era la famosa avenida de Mayo. Se sentía estafado, humillado: con la desilusión regresaba el abatimiento. En una pequeña trattoria tomó una pizza y media frasca de vino. El tinto italiano, ácido y ligero, lo reanimó, y terminó la cena con una copita de grappa. La misteriosa mujer rubia, según él mismo la denominó, seguía siendo el centro de sus prioridades.

—Tú no me vas a comprender, Claudio, porque a ti se te ve, no te lo tomes a mal, que eres un poco triste, como todos los artistas. Pero es que a mí la tristeza no me dura, aunque algunas veces me empeñe, es como un amigo mío que se empeña en coger el hábito de fumar y no lo consigue, fíjate qué tío más raro, enciende un pitillo y al principio le gusta, me dice, pero luego se aburre enseguida, se compra un paquete y lo pone en la guantera del coche a ver si se aficiona a fumar conduciendo, pero se le olvida que lo lleva. Yo comprendo que si me durara más la tristeza tendría más vida interior, por ejemplo, aquella noche en Buenos Aires, pero fue tomarme la pizza tan rica, tan fina y tan bien tostada, y beberme el vino y luego la grappa, y me puse tan contento, y fíjate si somos tramposos los hombres que en un momento pensaba que cuando llegara Mariluz iba a llevarla a aquella trattoria y al momento siguiente ya estaba dándole vueltas a cómo podría montar guardia cerca de la habitación de la rubia sin llamar la atención...

V

No le hizo falta ninguna estrategia. De regreso al hotel, nada más abrirse la puerta del ascensor en el piso decimoquinto, vio a la mujer parada justo enfrente, como si al oír que ascendía el lento mecanismo se hubiera puesto a esperar su llegada, igual que quien espera la llegada de un tren. Abengoa tuvo la impresión de que la mujer miraba no hacia él, sino hacia la ruidosa puerta plegable, y que en su cara había una expresión de angustia, que cambió instantáneamente cuando los ojos de los dos se encontraron.

Estaba inclinada, una rodilla más alta que la otra, tratando de ajustar en el pie izquierdo un zapato negro de tacón, que Abengoa encontró sumamente sofisticado, como los que llevaban las mujeres en las películas de antes. Modelado por la media oscura y traslúcida, el pie descalzo de la mujer tenía una forma exquisita. La mucama vieja (a estas alturas del relato Abengoa había pasado a llamarla «la vieja de los cojones») limpiaba en el otro extremo del pasillo el marco dorado de un espejo, lo cual le permitía espiar sagazmente sin volver la cabeza.

—Se me torció el taco —dijo ella: tenía una voz porteña un poco ronca, pero espléndida, tan envolvente (me pregunto de dónde había sacado Abengoa ese adjetivo, que desde ese momento empezó a usar con cierta profusión), como el perfume de madreselva, que tan cerca de ella cobraba una intensidad de tentación—. Según caminaba casi me caí.

—¿Se ha hecho usted daño? —Abengoa imitaba al contarme la escena el tono inusualmente polite que había empleado con ella—. Si me lo permite, le ayudo.

—Estaba por pedírselo.

Comprendió enseguida, me dijo, no sin jactancia, que la torcedura era un pretexto: la mujer rubia se incorporó apoyando todo su peso en él, y le apretó la muñeca, casi la palma de la mano, mientras se aseguraba de que podía caminar con firmeza. Echó a un lado la gran melena para sonreírle dándole las gracias. Estaba tan cerca de él que sin la menor dificultad, con sólo aproximarse un poco, habrían podido abrazarse.

«No me vas a creer, pero en el fondo yo soy un gran tímido»: Abengoa subrayó esa declaración melancólica, aunque improbable, con un movimiento pesaroso de cabeza. La mirada de la mujer, los labios entreabiertos y rojos, la melena rubia, el olor a madreselva, le empujaban, según su expresión literal, *a tirar p'alante*: pero se acobardó, inesperadamente, se achantó, para usar de nuevo sus palabras, temía de pronto que aquella fuera demasiada mujer para él, se sentía tan amedrentado como un chico de quince años, qué vergüenza, qué golpe bajo para su self-esteem, seguía lamentando cinco años después.

Se despidió de ella, le deseó buenas noches, se volvió cuando ya estaba llegando a la puerta de su habitación y enrojeció al ver que ella también se volvía con la llave en la mano, invitándolo una vez más sin palabras o burlándose de su indecisión. Volvió a decir buenas noches, inclinó tontamente la cabeza, con un envaramiento de español asustado por el extranjero, que se convirtió en mortificación cuando reparó en el sonido de la aspiradora y vio de soslayo que la criada impertinente lo miraba con sarcasmo o con lástima y le hacía una seña con la mano, como urgiéndole a que entrara en su habitación, a que no hiciera más el tonto.

Se tiró en la cama, irritado consigo mismo, cayó en la cuenta de que aún no había hablado por teléfono con su mujer, que estaría ya muy nerviosa por la proximidad del viaje, haciendo maletas, buscando el pasaporte y el billete, asegurándose de que no olvidaba el transilium imprescindible para dormir en la larguísima travesía nocturna. Después de calcular no sin dificultad la hora que sería en España, llamó a Mariluz (cuando me hablaba de ella usaba siempre su nombre de pila, como si también yo la conociera). Su voz sonaba a la vez cercana y confusa, distorsionada por el estado de desastre de las líneas telefónicas argentinas. Estaba como loca, me dijo Abengoa, y al decirlo se le puso una ancha sonrisa no sé si de ternura o de indulgencia que sólo le rondaba por la cara cuando se refería a su mujer. Estaba tan ilusionada con el viaje y con el reencuentro de los dos que a él le hizo casi sentirse un canalla, «y eso que ya sabes que yo no soy un sentimental»: cualquiera que le estuviera escuchando habría dicho que Abengoa y yo llevábamos toda la vida conociéndonos, y como el tiempo de espera en los aeropuertos se vuelve tan raro enseguida, yo ya no sabía desde cuándo estaba escuchándole, y se me confundían no sólo las horas, sino también los espacios, la terminal del aeropuerto de Pittsburgh y el hotel Town Hall de Buenos Aires, y el cansancio que me apretaba en las sienes y en la nuca por culpa de la larga espera, del rumor de la gente y de los acondicionadores de aire, me parecía el mismo que había agobiado aquella vez a Abengoa a causa del jet-lag.

Con vehemencia, con temerosa picardía, Mariluz puso un tono íntimo de voz para decirle que le echaba de menos en la cama tan grande, le preguntó cómo era la cama en la que él estaba ahora mismo acostado. A seis mil kilómetros de distancia, dijo Abengoa, la voz de su mujer le despertaba inopinadamente un discreto arousal.

Unos golpes sonaron entonces en la puerta: separados entre sí, como sigilosos, y Abengoa al mismo tiempo se sintió adúlteramente incitado y tuvo miedo de que Mariluz pudiera oírlos y descubriera lo que significaban, aunque en la misma fracción de segundo comprendió, con una anticipación de desengaño, que quien llamaba a su puerta también podría ser un camarero, o la mucama vieja. «Pero yo sabía que era ella, Claudio, lo sabía al oír esos golpes igual que si hubiera olido el perfume de madreselva, hasta me parecía que ya lo estaba oliendo a través de la puerta.»

No preguntó quién llamaba, tan sólo miró hacia la puerta apretando en la palma de su mano la parte del teléfono próxima a su boca, mientras que por el auricular seguía escuchando la voz de pronto cotidiana y un poco desacreditada de su mujer. Pero no tuvo que inventar un pretexto para colgar de inmediato. Mariluz, con su prudencia habitual, dijo que una llamada desde tan lejos costaría mucho dinero, y más desde un hotel, que muy pronto se hablarían en persona. «Dime una cosa bonita, anda», le pidió al despedirse, y él, ya incorporado, impaciente por colgar y abrir la puerta, le dijo «pues que te quiero, chata», con distracción, hasta algo irritado en su desasosiego masculino.

Pero cuando abrió ya no había nadie: había tardado mucho en responder, pensó, mezquinamente resentido contra Mariluz, queriendo imaginar ahora, para aliviar la decepción, que quien había llamado podía ser un camarero, tal vez el obsequioso ascensorista, o la vieja impertinente y sucia de la aspiradora. En el corredor, a pesar de las arañas decrépitas y de los grandes espejos, tan sólo había un poco de luz mustia, que parecía tan usada y gastada como los dibujos de la alfombra o el tejido amarillento de los cortinajes. Se dio cuenta de que oía una música al mismo tiempo que reparó en la raya de luz oblicua que procedía de una puerta entornada, la misma que había visto abrir a la mujer de la melena teñida de rubio y los labios pintados de rojo.

—Lo vi claro, Claudio —dijo, cortando el aire con la mano derecha extendida como para indicarme una inflexible línea recta—. Esta vez sí que no iba a arrugarme.

En el espejo turbio de polvo que la mucama había fingido limpiar un poco antes mientras le espiaba, Abengoa «se pasó revista», se dio un toque en la corbata, en la raya del pelo, sacó pecho y, por usar sus mismas palabras, se tiró de cabeza a la aventura. Conforme se acercaba a la puerta entornada la luz que procedía de ella se le antojaba más vívida, y la música se iba volviendo más precisa: inevitablemente, lo que Abengoa escuchaba o recordaba haber escuchado era un bolero, género musical con el que me confieso nada acquainted, pero del que no ignoro las connotaciones, las culturales y sexuales, gracias a los valiosos estudios de Iris M. Zavala.

—En todos los días de mi vida no se me olvidará aquel bolero, Claudio, se me eriza el vello al acordarme —de nuevo hizo ademán de remangarse para constatar el celebrado efecto físico de su emoción—. *Caminemos*. ¿Tú no lo conoces?

Iba a decirle que desdichadamente mis conocimientos de la música popular latinoamericana no llegan más allá de los cantos reivindicativos de Quilapayún, Inti Illimani *et alii*, que escuchaba con frecuencia, aunque sin mucha atención, en los años ya tan lejanos de mi vida universitaria en Madrid. Pero una vez enunciado el score musical de su relato, Abengoa se adentraba en los preparativos del clímax sin detenerse a observar el efecto de sus astucias narrativas (¿es inocente o casual el hecho, ya señalado por Lacan, de que la misma palabra aluda a la culminación del juego sexual y el juego textual, a la encrucijada de texto y sexo en la que ambos se subvierten, ya convertidos en tex y sext, para usar el pun revelador formulado casi en su lecho de muerte por el eximio Paul de Man?).

Empujó la puerta, la fue cerrando sin volverse, se recostó contra ella mirando a la mujer que estaba al otro lado de la cama inmensa y decrépita de aquella habitación que resultó ser la suite nupcial, también ella recostada, echada perezosamente contra el alféizar de la ventana, desde la cual Abengoa vio luego, sin prestar mucha atención, un paisaje apocalíptico de rascacielos con todas las luces apagadas, iluminados durante fracciones de segundo por los relámpagos de una tormenta que se abatió poco después sobre la ciudad con una lluvia furiosa de trópico. Al fondo de la habitación el disco de boleros giraba en uno de esos tocadiscos antiguos que estaban como empotrados en un mueble, me explicó Abengoa, siempre atento al detalle circunstancial.

«Tardabas tanto»: eso fue lo que le dijo la mujer, y por el modo en que Abengoa repitió sus palabras daba la impresión de que eran más bien el título de uno de aquellos boleros. No hablaron nada más, fueron el uno hacia el otro como deslizándose sin sonido de pasos sobre la moqueta tiñosa, y al abrazarse ella apretó contra él sus caderas hasta hincarle casi dolorosamente los huesos anchos de la pelvis, moviéndose onduladamente, rozándole sin incertidumbres de preámbulo, sin el menor residuo de pudor. Aquí debo repetir, no sin embarrassment, las palabras textuales de Abengoa: «Restregándoseme toda.»

Es obvio que no me ahorró a continuación ningún detalle sobre su performance, que aun pareciéndole a él inusitados y hasta triunfales seguían muy estrechamente las secuencias narrativas de esas adult movies que ahora están empezando a estudiarse incluso en algunos circunspectos departamentos de español como muestras de la retórica del exceso que subyace al discurso pornográfico. Igual que en ellas, Abengoa se extendió imperturbablemente en pormenores sobre la insaciabilidad de la mujer y lo inagotable de su propia potencia, relatando con particular detalle, aunque sin poner énfasis en la excepcionalidad de sus atributos viriles, ciertas prácticas sexuales no vinculadas a la genitalidad reproductiva, sino a variantes de analidad y oralidad cuya significación transgresora no ofrece ninguna duda desde los estudios pioneros y esclarecedores de Michel Foucault, estudios que todos citamos tantas veces en nuestros papers, aunque yo confieso, para mi vergüenza (y si se supiera, también para mi ruina), que jamás he terminado de leer ninguno de ellos, y que cuanto más empeño pongo en descifrarlos menos los entiendo, lo cual sin duda es una prueba de mis tristes limitaciones intelectuales.

Llegando al clímax de su relato, Abengoa se olvidaba de todo, hasta de que dicho relato presuponía un destinatario, es decir, yo. Cuando me dijo que él y la mujer escucharon truenos y golpes de lluvia y vieron fogonazos de relámpagos durante toda la noche, y que se quedaron dormidos después del amanecer, Abengoa tenía en la cara una sonrisa casi obscena de satisfacción, que me hizo pensar en la discutida, aunque tentadora tesis de Andrea Billington sobre una posible textual ejaculation.

—Por la mañana nos dimos cuenta de que ni siquiera nos habíamos dicho nuestros nombres —dijo Abengoa con orgullo, con vanagloria íntima—. Se llama Carlota. Se llama Carlota Fainberg y no voy a verla nunca más en mi vida.

VI

En cualquier parte, me dijo, en cualquier ciudad, veía a mujeres que se parecían confusa o exactamente a Carlota Fainberg, que durante segundos, o décimas, eran ella, la promesa súbita de un reencuentro imposible con ella. La veía de espaldas, la melena rubia sobre los hombros, caminando con sensualidad enérgica sobre sus tacones tan altos, muy por delante de él, en el corredor de algún aeropuerto, algunas veces dirigiéndose hacia una puerta de embarque que no era la suya y hacia la que Abengoa tenía la poderosa tentación de seguirla, aun sabiendo que podía perder su avión, aun sabiendo que aquella mujer no podía ser Carlota Fainberg. Apresuraba el paso para verla más de cerca, para llegar a su altura y descubrir el enigma de la cara tapada por el pelo, con el corazón latiéndole muy fuerte en el pecho, casi oliendo en el aire aséptico y cerrado de las terminales aquel olor nunca olvidado a madreselva y aquella voz porteña, rota y carnal, que le había dicho, «Tardabas tanto».

Sabía que en realidad era imposible, que no podía darse el azar de que se cruzara con ella en el aeropuerto de Francfort o en el de Jakarta o en el lobby del hotel Hyatt de Shanghai, por mencionar tres sitios en los que había creído o deseado verla. Con un tenso rencor, con rabia abatida, incluso con cierta compasión de sí misma, ella le había dicho «Yo nunca salgo de aquí, nunca voy a ninguna parte».

A lo largo de los cinco años que llevaba sin verla y sin poder olvidarla la imaginaba muchas veces encerrada en el piso quince del hotel Town Hall como en una de esas torres medievales o góticas de las películas de donde los caballeros rescataban a unas damas cautivas. La ciudad, Buenos Aires, desertada y cayéndose en pedazos, azotada en las noches sin luz por tormentas tropicales que arrojaban sus tremendas descargas eléctricas sobre los pararrayos de rascacielos deshabitados, había ido haciéndose más borrosa en su recuerdo y sin embargo se le aparecía con una extraña exactitud en algunos sueños, convertida en un telón de fondo, en el paisaje que había visto desde la ventana del piso decimoquinto el día entero y las dos noches que pasó encerrado en la habitación de Carlota Fainberg, la suite nupcial barroca y decrépita en la que de algún modo él, Abengoa, se había desposado con ella, se le había entregado con una desvergüenza y un abandono de sí mismo quizás superiores, pensaba a veces con algo de remordimiento, a las que ella le mostraba: siempre, en el fondo, desde que la vio por primera vez hasta aquel momento final en que apareció en la puerta de la habitación donde él estaba con Mariluz («Qué apuro, Claudio, el peor momento de mi vida»), Carlota Fainberg le había amedrentado, como las mujeres ya adultas que le gustaban tanto cuando aún era un muchacho, y como las que a mí me amedrentan todavía, dicho sea de paso. En cada uno de los instantes de excitación y de gozo que había conocido con ella había existido el agobio y el miedo de no estar a la altura de sus devoradoras exigencias, de su voluptuosa tiranía. Era, siguió pensando siempre Abengoa, aunque jamás lo habría confesado, demasiada mujer para él, para su romo, aunque sólido formato español, demasiado alta, demasiado grande, demasiado ancha de caderas y muslos, demasiado rubia, demasiado porteña, con sus expresiones políglotas y sus pulseras y collares que no se quitaba nunca y que emitían un ruido metálico como de campanas chinas cuando el gran cuerpo de ella recibía los golpes enconados y rítmicos de su embestida masculina, de su hombría española y adúltera de cuarentón en celo perpetuo.

Le habían gustado tantas mujeres, todas las mujeres, pero ahora, aunque las siguiera mirando y deseando, en realidad ninguna llegaba a gustarle, ni de lejos, tanto como ella, de modo que aquel adulterio había tenido la ventaja para su matrimonio de haberle vuelto mucho más casto, y desde luego más fiel. Ninguna mujer que no fuera Carlota Fainberg o que no se le pareciera mucho llegaba a tentarle de verdad. Ya apenas tenía esperanza de encontrarse con ella alguna vez, pero la seguía buscando en el deseo que le inspiraban cierto tipo de mujeres, y nada más que ellas: rubias, aunque teñidas, de una edad en torno a los cuarenta años, a los cuarenta y tantos, nada de jovencitas, descartaba con un aire de experto, de entendido que rechaza los placeres obvios para otros, nada de gigantas de la alta costura con las piernas largas y flacas y las tetas y los labios hinchados de silicona: mujeres ya hechas, decía, cuajadas, maduras en el sentido que tiene la palabra cuando se aplica a la fruta, blancas de carnes, con esa blancura de las mujeres a las que no les sienta bien el sol, con un punto de carnosidad sin abandono, que dé a las manos y a la boca del amante un gozo de abundancia; mujeres firmes, ya trabajadas por la vida, conscientes de las ventajas que la cosmética y la moda otorgan a la belleza, diestras en las sofisticaciones deliciosas del lápiz de labios, de la lencería, del esmalte de uñas, del calzado, conscientes del valor del tiempo que aún les queda para seguir gozando de la plenitud física de la vida...

Buscar ese modelo de mujer que era una anticipación y un recuerdo de Carlota Fainberg se había convertido en un hábito de su mirada desde el instante mismo en que llegaba a un aeropuerto, se bajaba del taxi guardando meticulosamente el recibo de cara a su cuenta de gastos, avanzaba a paso de carga hacia las puertas de cristales que se abrían ante él dejándole respirar el aire artificial de las terminales, que no se parece en nada al de la vida real, porque es un aire siempre mucho más frío o más caliente, como esterilizado o filtrado, un aire que da enseguida mareo, que une su efecto con el de la iluminación blanca y el brillo de las superficies de plástico para hacerle perder a uno el sentido de la realidad, para deshacerle su anclaje cotidiano en el espacio y en el tiempo. Está luego el zumbido que se percibe aunque no se escucha, el de los ventiladores, el de los acondicionadores, la vibración de las escaleras mecánicas o de los paneles deslizantes, las voces de los avisos, las de los televisores que cuelgan ahora sobre los asientos forrados de tejido sintético de todas las salas de espera de los aeropuertos de América: moquetas, linóleos, paredes y suelos de plástico, siempre brillantes, tan bruñidos como esas frutas opulentas y falsas que venden en los supermercados, llamadas urgentes a pasajeros atrasados, trepidaciones de motores de aviones que despegan o aterrizan, y sobre todo tantas caras, tantos desconocidos, todos singulares y de algún modo idénticos, cada uno con la particularidad exasperante de su vida y sus circunstancias y su cara y su manera de andar y todos prácticamente iguales en la uniformidad del vestuario, la horrenda ropa deportiva, las camisetas que ciñen protuberancias pectorales monstruosas y los pantalones de chándal que tiemblan bajo la presión de culos anchos como mesas, las gorras de visera con un broche de plástico en la nuca, las caras gordas, las caras hinchadas, con una mezcla de infantilismo rosado y de torpe decrepitud, o de decrepitud rosada e infantilismo torpe, porque hay niños de carnes infladas que arrastran los pies como viejos y ancianas que se visten de rosa y naranja y se embadurnan la cara de polvos rosados y se tiñen el pelo de color platino. En esos aeropuertos, que se van volviendo más irreales y espectrales según pasan las horas y se acentúa el cansancio, uno se encuentra perdido en un mundo que parece ignorar el término medio, donde el aire acondicionado sopla como viento polar y la calefacción alcanza temperaturas de horno, donde se cruzan atletas bronceados y mujeres con piernas nervudas de ciclista con gordos y gordas que se han empantanado más allá de los límites de la gordura humana, donde a un paso de una tienda de pañuelos de seda exclusivos o de la ropa o las joyas más caras de la Tierra crepita una fritanga de grasas inmundas en un puesto a todo color de perritos calientes o de hamburguesas en el que también los empleados llevan uniformes a todo color y etiquetas en las solapas con sus nombres de pila, o peor aún, con sus diminutivos, porque los americanos creen como en un artículo de fe en la simpatía inmediata, en el toque personal de llamar Mandy o Phil a un expendedor de comida rápida que gana literalmente una mierda después de pasarse trabajando diez o doce horas y que además se ve en la obligación humillante de llevar una camisa de colores o de rayas y una gorra ridícula, tal vez decorada con monigotes de dibujos animados.

Y allí, entre aquella gente, en medio de aquellas voces agudas y nasales que se repetían amplificadas en los avisos de la megafonía, bajo aquellas luces que parecían irradiar de la misma blancura de las paredes y de la neutralidad estéril del aire, Marcelo Abengoa estaba sentado como en una mesa de la acera en un café español, como lo habría estado mi padre hace tantos años, perfectamente calzado y vestido, sin la menor concesión a la comodidad desganada de la ropa deportiva, sin fingir una edad más joven que la suya ni un origen más cosmopolita, con su jersey de lana verdadera y sus pantalones de algodón, con sus zapatos negros y sus calcetines de hilo, con su opulencia sólida de buena alimentación y demoradas sobremesas, imperturbable, inmodificable a pesar de los viajes transcontinentales y de la trepidación políglota de los negocios, tan indiferente al jet lag como a las coacciones sutiles que impone en todo la vida norteamericana, y a las que yo suelo tan medrosamente acomodarme, con el mismo miedo al qué dirán que si viviera en una provincia española de los años cuarenta. Miraba en torno suyo con los brazos cruzados, con aprobadora ironía, con gestos instantáneos de cálculo en los que valoraba el precio del traje o del reloj de alguien que pasaba cerca de nosotros con la misma pericia con que estudiaba las piernas o el talle de una mujer o vislumbraba durante unas décimas de segundo el interior de un escote.

Pensé, no sin alarma, que también a mí me habría juzgado en el primer vistazo, habría calibrado la cuantía de mi cuenta corriente y de mis ingresos personales, mi relevancia social, y yo, que al principio, unas horas antes, si esas palabras sirven para orientarse en el tiempo enrarecido de la espera en el aeropuerto, le había mirado por encima, con notoria condescendencia, ahora estaba empezando, inconfesablemente, a sentirme intimidado por él, a notar en mí mismo el apocamiento ante la autoridad o la energía de otros, que ha sido una de las sensaciones más constantes de mi vida: lo mismo sentía en el instituto hacia algunos profesores, y en el ejército hacia cabos y suboficiales, y en mi familia hacia mi tío Guillermo, y en la autoescuela hacia el monitor que me enseñaba a conducir, y en mi trabajo, en Humbert College, hacia Morini, que al igual que todos los demás en esta larga serie que aquí sólo he esbozado, parece saber acerca de todo mucho más que yo, y tener más astucia y reflejos, y más dotes de mando, y más facilidad para los idiomas.

Me había acostumbrado a aquel gesto suyo de entornar los ojos y quedarse un poco ausente aunque no dejara de hablar: ahora imaginaba que no estaría sólo recordando a Carlota Fainberg, sino también viéndola, porque hasta sus arrebatos de romanticismo debían de tener una sustancia práctica, un fondo tangible, sin la menor neblina de desmemoria o de melancolía. «Como si hubiera un tesoro esperándome y fuera mío aunque yo no vuelva nunca para recogerlo», me había dicho, aunque no sé si con estas palabras literales: no un tesoro conjetural o soñado, sino algo que habían visto sus ojos y disfrutado sus manos, una mujer que no se parecía a ninguna de las que había conocido hasta entonces y a la que no podría parecerse ninguna de las que encontrara después, aunque perteneciesen con más o menos vaguedad a ese modelo tan querido, el que de vez en cuando lo inquietaba en los aeropuertos y en las terrazas de los cafés o en las tiendas de lujo de las ciudades extranjeras. Incluso allí mismo, en aquel erial para los aficionados a la belleza femenina, el aeropuerto de Pittsburgh, un rato antes de encontrarse conmigo, me dijo que había visto a una posible Carlota Fainberg, y que la había estado siguiendo durante unos minutos, hasta que la perdió de golpe, no porque desapareciera, sino porque al ver la cara que había estado ocultando la hermosa y teñida melena rubia le ocurrió lo que tantas otras veces, que se extinguió el hechizo, y el espejismo de Carlota Fainberg se convirtió en una mujer vulgar, dejándolo defraudado, pero no sumido en el desaliento, en parte porque él, Abengoa, tendía a no desalentarse nunca, en parte también porque la visión pasajera de la mujer rubia le había reavivado la memoria de su amor porteño, de las dos noches y el día entero de sigilosa penumbra que había pasado en la suite nupcial del hotel Town Hall.

VII

Se despertó y no tenía idea de dónde podía estar, en qué parte del mundo, en qué ciudad de qué continente, en qué hotel. Eso le pasaba con alguna frecuencia, por culpa de la sucesión incesante de viajes y del estilo idéntico de las habitaciones de los hoteles donde se despertaba, y por la maraña de horarios diversos en la que se desenvolvía, pero el estupor no solía durarle más tiempo del preciso para despertarse del todo. Esta vez, sin embargo, abrió los ojos y los paseó largamente por la habitación grande y desconocida sin adquirir siquiera un indicio mínimo, una sospecha de reconocimiento, no ya del lugar donde estaba, sino de quién era él mismo, de a qué hora se correspondía la tenue luz nublada que entraba por unos grandes cortinajes entreabiertos que él no recordaba haber visto nunca antes, rosa pálido o color salmón, con un estilo más bien apastelado y deplorable que le hizo pensar en un hotel para recién casados junto a las cataratas del Niágara. ¿No estaría, conjeturó sobresaltadamente, en las cataratas del Niágara?

Ni siquiera su estado físico —pero eso lo pensó más tarde— era el habitual en sus despertares: invariablemente él se despertaba ya perfectamente despejado y descansado, impaciente por saltar de la cama, por «pegarse un duchazo», según decía, y apenas había terminado de afeitarse ya estaba llamando por teléfono para pedir el desayuno o para concertar alguna cita de negocios. Sin duda la languidez de aquel despertar era otro de los síntomas que le impedían reconocerse, cumplir satisfactoriamente esa primera tarea de todas las mañanas que consiste en recordar quiénes somos.

Un segundo factor de extrañeza fue descubrir que estaba desnudo: aún no sabía quién era, pero sí que probablemente nunca en su vida había dormido sin calzoncillos, y desde luego casi nunca sin pijama. La desnudez sin duda tenía que ver con aquella especie de debilitamiento físico que le impedía levantarse, y que tenía mucho de abandono sensual a los placeres matinales del duermevela y la pereza, placeres que él, el Abengoa consciente que aún tardaría en tomar posesión de su organismo y de su persona física y mental un tiempo lento y difícil de medir en segundos o minutos, ni siquiera había imaginado hasta entonces.

Se volvió de lado, encogiendo las rodillas como para dormirse de nuevo, y vio sobre la mesa de noche la foto en blanco y negro de unos novios sonrientes, él de chaqué y pelo engominado, ella rubia y con una sonrisa ancha como una carcajada: por un momento cobró fuerza, me dijo, con su debilidad por los giros de sonido técnico, «la hipótesis Niágara». Parecía que la foto hubiera sido tomada mucho tiempo atrás, pero la cara de la mujer tuvo la virtud de despertarle por fin la memoria de la noche inmediata: con un estremecimiento debilitador de placer físico reconoció en la mujer de la foto a Carlota Fainberg, y al reconocerla también le vino a la memoria su nombre y cada uno de los pormenores de una noche que le parecía como sucedida fuera del espacio y del tiempo. En ese alud de conciencia recobrada le llegó también, muy al final, su propio nombre, su viaje a Buenos Aires, la decadencia y el enigma del hotel Town Hall, en cuya suite nupcial, recapacitó con orgullo, aunque no sin alarma, se había acostado con la mujer del recepcionista jefe: ya despierto, la inteligencia práctica de Abengoa funcionaba a su velocidad de siempre, y en un segundo había comparado la cara masculina de la foto con la del individuo pálido y hosco que le había atendido la mañana anterior en el mostrador de recepción. Retrospectivamente comprendía su cara de vinagre, su lividez hepática: tan mayor para ese puesto mediocre y para esa mujer espectacular, tan acabado profesionalmente.

Ahora notaba también el olor que lo envolvía casi con la misma densidad que las sábanas, un olor mezclado de perfume de madreselva y de cuerpos que habían sudado y segregado mucho. Hombre activo, le inquietó no saber la hora y comprobar que también había dormido sin su inseparable Rolex. Empezó a incorporarse, a ver si lo encontraba sobre la mesa de noche, pero el esfuerzo de pronto le pareció enorme, le faltaron las ganas, le volvía el sueño, se dijo ya medio adormilado que se quedaría en la cama unos pocos minutos más, que tenía derecho a un poco de descanso después de tantos viajes, después de una noche tan sexualmente heroica como la que acababa de pasar. Antes de dormirse, al recostarse de lado en la almohada, donde había manchas de carmín y era más fuerte el olor a madreselva, vio un instante la cara del novio en la foto de la mesa de noche, y pensó con lástima, con un poco de remordimiento, que debería de estar enfermo, porque la foto no podía ser de muchos años atrás, y sin embargo, al verlo en la recepción, el hombre le había parecido un viejo, tenía ya todo el pelo blanco.

—Qué vergüenza. —Apenas había cerrado los ojos, una voz áspera lo sobresaltó, y con ella una sombra que se movía muy cerca, una mano que volvía enérgicamente la foto nupcial de cara a la pared—. Por lo menos podrían tenerle un respeto a ese pedazo de pan.

La voz no era porteña: era tan española como los modales de la mujer que había entrado en la habitación trayendo una bandeja, la criada o mucama que rondaba siempre por los corredores del piso decimoquinto. Con una mano terminante y artrítica volvió hacia la pared la foto de la mesa de noche: con la otra, un poco temblorosa, le ofreció a Abengoa un zumo de naranja en una copa de cristal de bohemia ligeramente mellada en el filo, sin servilismo, incluso sin la menor educación, con evidente desprecio, en el que sin embargo él alcanzó a distinguir una parte de lástima.

—Tome, que falta le hace. Venga, bébaselo todo.

Mientras Abengoa bebía, incorporado a medias en la cama, la mujer lo miraba como ansiosamente, como una enfermera que no se fía de que un paciente vaya a tomarse su medicina. «Mira que si me está envenenando», pensó él, ya habituado a la inverosimilitud.

—Levántese y váyase. —La mujer le recogió el vaso y con la misma urgente brusquedad fue echando su ropa encima de la cama—. Antes de que sea tarde y la cosa ya no tenga remedio.

—¿Se ha enterado el marido? —Abengoa consideró necesario apelar a la solidaridad entre españoles, se vio huyendo ridículamente desnudo por el pasillo, protegido tan sólo por el ovillo de su ropa sobre la entrepierna.

—Pobre hombre. —La criada miraba ahora otra foto del matrimonio, colgada en la pared, enmarcada, mucho más grande que la de la mesa de noche—. Sabiéndolo todo y sin enterarse de nada. Ni muerta y enterrada y podrida lo dejará nunca en paz.

Salió sin mirar a Abengoa y sin decir nada más. Él apartó desganadamente las sábanas, queriendo reunir fuerzas para levantarse, y al verse desnudo descubrió que tenía señales de mordiscos y manchas rosadas y violetas alrededor de todo el vientre, en los lados interiores de los muslos. Se puso los calzoncillos y los calcetines y se sintió mucho más seguro, con más empuje para afrontar el número alarmante de tareas que le iba presentando su mala conciencia: enterarse de la hora y calcular la que sería en España, lo primero de todo, apartar las cortinas para que entrara el sol, irse a su habitación, darse una ducha.

Pero el reloj estaba parado, y según la luz gris que vio al asomarse a la ventana igual podían ser las nueve de la mañana que las siete o las ocho de la tarde. Estaba de pie junto a los cortinajes de color salmón que olían a polvo y le flojeaban las piernas, tenía mareo y algo de fiebre, aunque tal vez era sólo el bochorno del día nublado. Sentía una mezcla muy rara de felicidad y abatimiento, de desasosiego y lasitud. La ciudad, desde aquella altura, le parecía idéntica a cualquier metrópolis de cualquier sitio del mundo, rascacielos y puentes de hormigón y extensiones industriales y portuarias que iban a perderse en una sucia lejanía marítima, de un gris semejante al del cielo nublado.

—Te lo confieso, Claudio, yo no tengo tanta sensibilidad —me dijo, interrumpiendo su relato, apartando los ojos del ventanal en el que le había parecido estar viendo no las pistas del aeropuerto de Pittsburgh, sino aquel panorama de Buenos Aires—. Pero es que todo esto que te cuento que se me pasaba por la cabeza es como si se le hubiera ocurrido a otro. Fíjate, casi me pega más que se te ocurriera a ti.

No sé si esto lo dijo con algo de admiración o sólo con ese paternalismo un poco desdeñoso que yo había ido notando en él según pasaban las horas, a medida que su perspicacia empresarial iba reuniendo datos para evaluar mi posición en el mundo y el volumen aproximado de mis ganancias, así como mis perspectivas de progreso. Como narrador era de una versatilidad desconcertante:

en unos segundos, en unas pocas frases, pasaba de un conato de romanticismo a una observación salaz o directamente grosera, de una confidencia sexual a una elipsis violenta, un poco al modo de las tan celebradas de Goddard en *À bout de souffle*, película esta que yo en realidad no he visto, pero que me veo obligado a citar mucho en los últimos tiempos. Incapaz de mantener la distancia necesaria hacia sus materiales y sus tricks narrativos, yo le seguía embobado por donde él quería llevarme, como las ratas y los niños seguían el sonido de la flauta del proverbial Pied Piper, o el flautista de Hamelín, como le llamaban en los cuentos españoles de hace tantos años.

Ahora, por ejemplo, me daba cuenta de que se estaba aproximando a un momento de tensión, quizás insatisfecho consigo mismo por las digresiones acerca del tiempo atmosférico o del color del cielo en Buenos Aires. Saltándose o resumiendo detalles intermedios, a los que por lo demás era muy aficionado (la recogida de su ropa, la inspección del pasillo antes de salir de la suite, el regreso a su habitación, donde la cama intacta fue un nuevo recordatorio del desorden en que había quedado la otra), Abengoa pasó a describirse en un estado físico y de ánimo plenamente restablecido, sobre todo después de una ducha y de un desayuno abundante, aunque servido con la desganada negligencia tan propia de un hotel al borde de la ruina, y por lo tanto vulnerable a una ofensiva financiera de Worldwide Resorts. Se sentía sólidamente satisfecho de su aventura nocturna, pero consciente de la doble imprudencia, profesional y conyugal, que había cometido. Aquella mujer, Carlota Fainberg, si lo pensaba más fríamente, daba indicios de estar algo perturbada, y Mariluz, en su venturosa inocencia de ama de casa española («Te lo juro, Claudio, con cuarenta y ocho años y tiene cosas de niña»), no era nada tonta, y cualquier descuido podía ponerla en la pista de un descubrimiento embarazoso. De hecho, muy pronto estaría en camino, quizás ya tenía preparadas las maletas, impaciente como era, y se disponía a tomar un taxi hacia Barajas, en la adelantada tarde española de aquel día en el que Abengoa no acababa aún de situarse temporalmente.

De nuevo activo, incontenible de energía empresarial, para ganar tiempo se hizo el nudo de la corbata delante del espejo a la vez que intentaba una conferencia internacional, sin conseguir ni lo uno ni lo otro, pues tenía los dedos inusualmente torpes, hasta un poco temblorosos, y el desastre de las comunicaciones argentinas convertía el teléfono, con inusitada frecuencia, en un aparato tan obsoleto como el viejo ascensor, y mucho más inútil. Consiguió al menos contactar con recepción —el verbo contactar le gustaba mucho a Abengoa—, aunque no le pareció que su enérgica protesta lograra despabilar del todo a la soñolienta voz porteña que se escuchaba al otro lado. Pensó de pronto que quien le hablaba podía ser el marido de Carlota Fainberg: tras un instante de embarrassment se animó a dirigirse a él con un sarcasmo despectivo, propio de quien se había pasado la noche entera poniéndole los cuernos con una mujer cuyas exigencias sexuales jamás podrían ser saciadas por aquel rancio carcamal argentino.

Profesional hasta la médula, para decirlo con sus orgullosas palabras, decidió que por el bien de los intereses de Worldwide Resorts y de su propia estabilidad conyugal no le convenía prolongar su tórrido romance con Carlota Fainberg. Era una mujer demasiado fantástica, pensaba ahora, peligrosísima en su apasionamiento, tan potencialmente escandalosa como los gritos que daba en el momento del orgasmo, que era muy largo y tenía una cosa entre halagadora y alarmante de éxtasis felino. Hablaba muy alto y se reía a grandes carcajadas, sin recatarse nunca, sin pensar que podían escucharla y reconocer su voz al otro lado de la puerta o de los muros tan delgados de las habitaciones. En los intermedios de reposo que le había concedido esa noche a Abengoa, aprovechaba para fumar sin sosiego, para poner de nuevo un disco de boleros, para hablarle de una carrera teatral que al parecer había sido gloriosa, pero que había terminado prematuramente, quizás por culpa de su matrimonio, aunque de estos detalles Abengoa no se enteró muy bien, en parte porque, como todas las personas prácticas, no solía poner oído a lo que no le interesaba, y en parte también porque a pesar de sus esfuerzos de vez en cuando lo rendía el sueño, con gran irritación de su amante infatigable, que le reñía afectando mohínes repentinos de mujer desatendida, o lo sacudía hincándole entre el pelo sus uñas largas y rojas, o empleaba para despertarlo de nuevo las artes más sutiles y vampíricas de la estimulación, poniéndolo enseguida «a punto», como decía él, no sin vanagloria, llevándole a alcanzar estertores supremos de dulzura y debilitamiento, «como si ya no pudiera más, Claudio, como si fuera a morirme», decía, moviendo la cabeza, y salía del ensimismamiento del recuerdo y me miraba como preguntándose si yo, en mi limitada experiencia, podría comprender lo que me estaba contando.

Pero no podía dejarse llevar, decidió delante del espejo algo escarchado de su deplorable habitación, ya con el nudo de la corbata hecho, «en perfecto estado de revista, como nos decían en la mili», con su traje impecable de ejecutivo internacional, dispuesto a llevar a cabo una de aquellas inspecciones exhaustivas de las dependencias hoteleras que le habían hecho a la vez célebre y temido en el oficio. Lo ocurrido con Carlota Fainberg había sido «muy bonito, una noche inolvidable», pero sólo eso, una noche, «el sueño de una noche», dijo Abengoa, con inesperada intertsexualidad shakespeareana. Haría su trabajo, y cuando llegara Mariluz la pasearía por Buenos Aires, le compraría un abrigo de pieles, la llevaría a cenar a La Cabaña y a escuchar tangos a El Viejo Almacén, aprovechando que la ruina del país multiplicaba fantásticamente, casi a cada hora, el valor de los dólares. ¿Y no aconsejaba precisamente esa coyuntura económica una acción rápida y decidida sobre aquel dinosaurio hotelero del Town Hall, «un take over con dos cojones», para decirlo, no sin sonrojo, con las palabras literales del propio Abengoa?

De esas cavilaciones tan severas lo distrajo un ruido quejumbroso y complicado, pero ya familiar, y hasta excitante, porque lo asociaba a la presencia de Carlota: el ascensor que subía despacio y se detenía frente a su habitación. Oyó el gruñido metálico de la puerta plegable, y a continuación unos pasos lentos y firmes resonaron sobre la madera bruñida del suelo del pasillo. Se quedó quieto, todavía delante del espejo, seguro de que los pasos se le acercaban, de que un segundo después Carlota Fainberg llamaría a su puerta. Tuvo un atisbo de fastidio masculino: ahora prefería estar solo, nada importunaba más a un hombre que las enfadosas solicitudes de esas mujeres muy sentimentales que atribuyen toda clase de significados a una simple y saludable aventura sexual, y que enseguida están preguntándole a uno qué piensa, y contándole con una especie de urgencia confesional la vida entera, sus historias prolijas de maridos y amantes, y uno mientras tanto ha de esforzarse en mantener abiertos los ojos, y en poner cara de interés, aunque en el fondo de su alma lo que está deseando de verdad es quedarse solo y tranquilo en la cama, durmiendo a pierna suelta... Tendría que decirle que estaba muy ocupado: incluso, con toda la crudeza de la verdad, debería informarle de la próxima llegada de su mujer.

Pero los pasos no se acercaban. Estaban alejándose, y los borró del todo el golpe de una puerta al cerrarse. Lo que ahora se oía era la aspiradora de la alcahueta vieja, la chismosa mucama española. Abengoa, después de acumular fastidio por la anticipación de la llegada de Carlota Fainberg, se sentía dolido y defraudado, casi afrentado por el hecho de que ella ni siquiera se hubiese parado un segundo delante de su puerta. Pero la estrategia más rentable con las mujeres, me explicó, es la de hacerse el duro: él iría a ocuparse tranquilamente de sus obligaciones, bajaría al restaurante del hotel para almorzar (o cenar, todavía no estaba seguro), haría sus averiguaciones, se daría un paseo por la avenida de Mayo, que se parece tanto a la Gran Vía de Madrid.

Era preferible que ella, Carlota, supiera que no lo tenía seguro, que no era la clase de hombre que va como un perro dócil detrás de una mujer. Salió enérgicamente de la habitación, no sin llevar consigo su cuaderno de notas con el lápiz de oro, regalo de Mariluz, y su pequeña cámara fotográfica, que le era muy útil a la hora de ilustrar sus informes, y que también se apresuró a mostrarme, por ese afán documental al que ya me he referido. Salió de la habitación, pero no llegó ni a pulsar el timbre de llamada del ascensor.

—Fue la música, Claudio, el bolero, el mismo de la otra vez. Y qué quieres que te diga, no somos de piedra...

Cuando empujó la puerta de la suite nupcial, Carlota estaba esperándolo como en una repetición exacta de la noche anterior. Las cortinas echadas no dejaban entrar la luz del día, y ella llevaba el mismo traje de chaqueta y el mismo peinado, y al dar un paso hacia él le dijo las mismas palabras: «Tardabas tanto.»

VIII

Se despertó de golpe al final de aquella noche idéntica con la sensación de que la había soñado y con la angustia súbita de que no iba a llegar al aeropuerto a tiempo de recoger a Mariluz. Dormido a medias soñaba que salía a la calle y no encontraba taxi, que viajaba en uno camino de Ezeiza y se veía atrapado en un atasco o extraviado a la media luz del amanecer por suburbios sin límite. Ya estaba en el aeropuerto, ya oía con alivio el anuncio de la llegada del vuelo de Iberia desde España: entonces su bienestar quedaba trastornado cuando, sin despertarse del todo, emergía del sueño lo suficiente para darse cuenta de que ni siquiera se había levantado de la cama, y de que el cuerpo sudorosamente abrazado al suyo era el de una mujer grande y desconocida, en la que tardaba un instante en reconocer a Carlota Fainberg.

El cansancio, la angustia, enredaban el sueño y el recuerdo. La noche anterior había pensado que el encuentro prodigioso que estaba sucediéndole era irreal y era también irrepetible: pero todo se repitió, casi punto por punto, desde los boleros en el tocadiscos anticuado hasta las carcajadas y los gritos de Carlota, y también el ruido de la tormenta y la furiosa lluvia contra los cristales, y los cigarrillos ávidamente fumados por ella, echada en el respaldo, contando las mismas historias sobre triunfos teatrales con la misma convicción y la misma amargura que si él no las hubiera escuchado ya, desnuda y grande, resplandeciendo de sudor, el pelo rubio sobre la cara y las cejas negras, tan oscuras como el vello púbico. Había vuelto a tener los mismos accesos de silencio y de miedo, cuando se llevaba el dedo índice a los labios hinchados como si hubiera oído que se acercaba alguien, y lo único que él escuchaba era el ruido del ascensor.

No le preguntó qué había hecho en su ausencia ni le dijo dónde había estado ella. Repitió las mismas miradas de desafío y de asombro, le explicó los matices del vocabulario erótico porteño que él ya había aprendido la noche anterior, volvió a usar caricias y sugerencias idénticas, le mordió con la misma dosis de deseo y de furia exactamente en los lugares donde él ya tenía la huella de sus dientes, de la succión de sus labios. Y él volvió a vivir lo que creyó que nunca se repetiría, el orgulloso poderío viril, la dulzura y la vanidad de la conquista, la extenuación y la delicia al filo del desvanecimiento, el peso abrumador del sueño en los párpados, en el cuerpo entero, arañado y dolido, ebrio, rebosado de cansancio y de gozo. Me dirigió una de sus miradas de exacta evaluación y me dijo, creo que con cierta sorna:

—Pero qué voy a contarte yo a ti de estas cosas, Claudio, si tú habrás vivido en directo la revolución sexual en todas esas universidades americanas, la contracultura, como dice Mariluz.

Sonreí tontamente, asentí con la cabeza, aunque mirando al suelo, acordándome de que en la época de la contracultura yo estaba interno en un horrible colegio salesiano, donde sólo tuve acceso a la muy modesta revolución sexual del onanismo contaminado de culpa, de miedo no sólo a ir al infierno, sino también a quedarme paralítico o raquítico, según nos advertían los buenos padres encargados de nuestra educación. ¿Por qué me intimidaba tanto ese compatriota rudo y provinciano que no sabía pronunciar correctamente ni la palabra más fácil en inglés y a quien dentro de muy poco tiempo, unas horas como máximo, dejaría de ver para siempre? Más aún: ¿por qué, en el fondo, le daba tanto crédito a lo que me contaba, a aquella suma de los lugares comunes más trite del palurdo donjuanismo español?

De tanto hablar dijo que se le había quedado la boca seca, y que iría a comprar un paquete de chicles al newstand más próximo, que era, me di cuenta como de una coincidencia en un sueño, el mismo en el que nos habíamos encontrado, ya no sabía cuánto tiempo atrás, yo con mi edición de *El País Internacional* asomando del bolsillo de mi raincoat, él, ahora advertí retrospectivamente ese detalle, con una lujosa revista de automovilismo o de motociclismo... Lo vi desaparecer tras un expositor de best-sellers, y entonces se me ocurrió la idea, a la vez perentoria y absurda, de aprovechar ese momento para marcharme de allí, para salir a toda prisa, subiéndome quizás a uno de aquellos remolques eléctricos que cruzaban veloz y silenciosamente de unas terminales a otras, transportando equipajes y pasajeros ancianos o impedidos: estábamos en la de tránsitos, pero yo debía ir a la internacional, y Abengoa a la de domestic flights, así que no me costaría nada perderlo de vista para siempre, no se le ocurriría ir a buscarme. Apreté el handle del maletín de mi computer, dispuesto a levantarme, notando el entumecimiento de las horas de espera, incapaz de imaginar el ridículo de que Abengoa me sorprendiera en el arranque de la huida. Apareció por fin, masticando sonoramente el chicle, me ofreció uno sonriéndome con la misma cara de astucia y de burla que si me hubiera leído el pensamiento. Unos segundos después yo ya estaba de nuevo atrapado en su relato y no me era posible la huida:

—En resumen, Claudio, que me desperté de milagro cuando no faltaban ni dos horas para la llegada del vuelo de Madrid y no me quedaban ya fuerzas ni para levantarme de la cama y darle al grifo de la ducha. Me miré en el espejo y estaba muy pálido, con la barba crecida, con toda esta parte del cuello morada de mordiscos. Qué mujer, Carlota Fainberg, qué vampira, me sentía como si me hubiera chupado la vida, pero no te creas que se rendía, ni siquiera entonces, fue detrás de mí hacia el cuarto de baño y empezó a restregárseme, no quería que me metiera en la ducha. Me puse serio, la aparté de mí, le dije que aunque no llevaba alianza estaba casado, que mi mujer iba a llegar esa misma mañana, y que aunque fuera doloroso para los dos yo no pensaba poner en peligro mi matrimonio. Eso le dije, Claudio, con esas palabras, más que nada por ver si se llevaba un corte y no me hacía perder más tiempo. Entonces se puso arrogante, levantó la barbilla y me di más cuenta todavía de lo alta que era, allí desnuda, en aquel cuarto de baño, mirándome un poco desde arriba, eso que iba descalza. Me dijo que qué me había creído yo, un gallito español, eso me dijo, gallito, con esa elle que hacen los argentinos, que ella también estaba casada, y que tampoco iba a romper su matrimonio. Se echó a reír cuando dijo eso, lo repitió, romper su matrimonio, y de la carcajada le temblaban las tetas, qué me había pensado yo, por un asunto cualquiera, por un calentón de una o dos noches... Eso me dolió, Claudio, me hirió muy hondo, me sentí traicionado. Pero no tenía tiempo que perder, aún me faltaba ducharme y ponerme ropa limpia y tomar algo para que no me temblaran las piernas, y encontrar un taxi que no se cayera hecho pedazos camino del aeropuerto.

—Y ella, ¿qué hizo?

—¿Carlota? —En la rapidez del relato Abengoa se había olvidado de ella, como quien deja algo en la habitación del hotel al marcharse a toda prisa—. Se quedó en la cama, fumando, con las cortinas echadas, mirándome con cara de burla mientras me vestía, como si me dijera: «Anda, ve corriendo a reunirte con tu mujercita.» Parecía que además de con los ojos me miraba con los pezones tan grandes que tenía, como fresas, Claudio, y casi del mismo color... Y salí echando hostias, menos mal que encontré taxi rápido y que el avión de Madrid aterrizó con una hora de retraso y me dio tiempo a recuperarme un poco. Mariluz llegó muy cansada y demacrada, lógico, no está acostumbrada a esos viajes, pero tan cariñosa como siempre, la pobre, tan romántica cuando me vio y se echó en mis brazos, con el gesto que ponen las mujeres en esas películas que le gustan a ella, de gente que se encuentra en Venecia o que vuelve a verse después de muchos años. Me da vergüenza confesártelo, porque Mariluz, para mí, es más que la compañera de mi vida, no es una amiga, es mi amigo, como le digo yo, mi cómplice en todo: bueno, pues cuando la vi aparecer entre los pasajeros la encontré más llenita y más baja de lo que yo recordaba, y aunque no quería compararla con Carlota Fainberg tampoco podía evitarlo, claro. Ya verás que las mujeres argentinas tienen otro garbo, como más mundo, será por la mezcla de razas, o porque se psicoanalizan todas, o por esos nombres y apellidos que les ponen. Me reconocerás que no es lo mismo llamarse Mariluz Padilla Soto que llamarse Carlota, Carlota Fainberg.

Cuando llegaron de vuelta al hotel temió encontrarse con Carlota out of the blue y no tener los reflejos suficientes para que su mujer no empezara a sospechar: también le aterraba la posibilidad de que Carlota, en el fondo una histérica, le armara un escándalo. Como todo culpable, sentía un deseo compulsivo de agradar y se imaginaba rodeado de potenciales delatores. La mirada que les dirigió el viejo recepcionista a Mariluz y a él cuando entraban en el lobby fue, dijo Abengoa, glacial: el individuo levantó los ojos húmedos por encima de las gafas caídas sobre la punta de la nariz aguileña y cruzó un gesto o una señal alarmante con el ascensorista, quien le hizo una reverencia exagerada a Mariluz, no sin al mismo tiempo mirar a Abengoa como ofreciéndole su complicidad, el valor de su silencio.

—Yo no sé si todo eran imaginaciones mías, el caso es que Mariluz no parecía encontrar nada sospechoso. El hotel le encantó, como te puedes imaginar, ya te he dicho que es una romántica, la pobre, de una sensibilidad tremenda, basta que una cosa sea un poco antigua para que a ella le entusiasme. Figúrate que está empeñada en que la lleve a Viena a ver en directo el concierto ese de año nuevo, menuda castaña, ella vestida de largo, y yo de frac, el sueño de su vida, los dos llevando el ritmo con las palmas mientras la orquesta toca valses. Pero yo no bajaba la guardia, y me asusté cuando nos montamos en el ascensor con todas sus maletas y aquel desaprensivo empezó a manejar los botones y las manivelas. Yo creo que hasta me guiñó un ojo, imagínate, lo mismo me estaba pidiendo que comprara su silencio. Y mientras tanto, Mariluz encantada, sin que le importaran las sacudidas ni los crujidos de la maquinaria, emocionada, decía que era como uno de esos ascensores de las películas antiguas, y efectivamente lo era, para qué vamos a engañarnos, de la época de las películas mudas, me parece a mí. Suspiraba, me miraba con cara de felicidad, como si con la emoción se le hubiera quitado el cansancio, estaba tan contenta que en el taxi, cuando llegamos a la avenida Nueve de Julio, había empezado a tararear *Mi Buenos Aires querido.* Lo mismo le pasó una vez que la llevé a ver uno de esos templos de la India, con tantas estatuas de monos y elefantes, que daba mareo nada más mirarlas, cincuenta grados a la sombra y ella tan fresca, saltando entre aquellas ruinas llenas de maleza que estarían infestadas de toda clase de bichos, de cobras, de serpientes de cascabel, ella encantada, con un sombrero de paja y encima un pañuelo blanco que se ataba debajo de la barbilla, como en esa serie que dieron en televisión sobre los ingleses en la India, no se perdió un capítulo, la tía, los tiene todos grabados en vídeo. Yo le sonreía y a cada piso que iba subiendo el ascensor me asustaba más, mira que si al abrirse la puerta aparecía Carlota, y me decía algo inconveniente, o yo me ponía colorado, menuda es Mariluz para captar esas cosas. Llegamos al piso quince y a mí se me paró el corazón al mismo tiempo que el ascensorista paraba aquella maquinaria, mirándome muy fijo, el tío, como queriendo decirme que conocía mi secreto, que podía chantajearme, cualquiera se fía de esos sudamericanos. Abrió el ascensor, nos dejó pasar delante de él, y en el pasillo no había nadie más que la mucama de las narices, arrastrando una aspiradora que era más vieja todavía que ella. Yo ya creía que íbamos a llegar a la habitación sin problemas, y entonces...

—Apareció Carlota.

—En efecto. Detrás de una columna. Con su traje de chaqueta y sus tacones, perfecta, con los labios pintados, con la melenaza rubia, muy pálida, mirando con cara de pánico, pero no nos miraba ni a mí ni a Mariluz, sino hacia la puerta del ascensor. En ese momento, tal como yo había temido, me puse rojo, como si tuviera quince años, fíjate, se me eriza el pelo nada más acordarme. Menos mal que el ascensorista, que también hacía de botones, estaba atareado con las maletas de Mariluz y no se dio cuenta de nada. Carlota, todavía detrás de la columna, me miraba ahora como queriendo decirme algo muy urgente, ya sin la arrogancia de antes, con una cara que daba un poco de lástima. Pero yo pasé a su lado sin mirarla siquiera. Me parecía que el pasillo era esta vez mucho más largo, que no llegábamos nunca a la habitación. Yo le iba avisando a Mariluz de que no esperara una suite de lujo, pero ella no hacía caso, se había colgado de mi brazo y me apoyaba la cabeza en el hombro, cantando muy bajito *El día que me quieras*, y yo le dije, mientras el ascensorista abría la puerta, que lo que le hacía falta ahora era darse una ducha muy caliente, tomarse un tranquilizante y dormir. Ya sabes con qué rapidez inventa uno planes en esas situaciones: yo la dejaba dormida, iba a la habitación de Carlota, le pedía por favor que no me persiguiera, le explicaba que lo nuestro había sido muy bonito, pero que no podía durar, y que en el fondo era mejor así, conservar el recuerdo como un tesoro, etcétera. Pero no contaba con un imprevisto. Como digo yo siempre, el hombre propone, Dios dispone y la mujer descompone...

Abengoa tenía la intrigante virtud de despertarme recuerdos impresentables: esta vez, con su horrible refrán, me acordé de esos stickers que se llevaban antes en las ventanillas traseras de los coches españoles, con slogans tan esclarecidos como «Zoi ezpañó, cazi ná», «Suegra a bordo», o «No me toque el pito, que me irrito», letreros que a veces se repetían en ciertos platillos de cerámica colgados sobre las chimeneas, o sobre las barras de los bares: «La mujer española, cocina y escayola», «Hoy no se fía, mañana sí». Pero yo, lo confieso en los términos formulados por Chapman, ya tenía mucho más interés en la story de Abengoa que en su discourse, lo cual, en un profesor universitario, no deja de ser un poco childish: atrapado en una fugaz suspension of disbelief, yo abdicaba de todos mis escrúpulos narratológicos y quería simplemente saber lo que pasaba a continuación.

—Con lo que yo no contaba, Claudio, para serte sincero, era con la libido de mi señora, que si ya en el taxi se me arrimaba tanto y parecía tan soñolienta no era por el cansancio del vuelo transoceánico, sino porque al verme, según me dijo después, se había puesto muy caliente, cosa que jamás me diría en nuestro domicilio conyugal. Pero en un hotel, y en un hotel de época, en Buenos Aires, y a tantos miles de kilómetros de Madrid, ese romanticismo suyo se le convirtió en unas ganas incontenibles de hacer el acto, que es como le gusta decirlo a ella. Cuando yo salí del cuarto de baño diciéndole todo servicial que ya le tenía preparada la ducha y el valium, descubrí, no te lo pierdas, que había entornado las cortinas, y que se había quitado los zapatos y las medias y estaba tendida encima de la colcha, con las manos detrás de la cabeza, como La maja vestida, claro que a punto de convertirse en La maja desnuda. Mira si soy canalla, que me fijé en lo cortas que tiene las piernas. Imagínate, Claudio, qué compromiso, después de la noche que acababa de pasar con Carlota, que me temblaban todavía las rodillas, ¿iba a ser yo capaz de cumplirle a mi mujer? ¿A ti qué te parece?

Dejó pasar unos segundos de silencio y yo no dije nada, sin duda puse cara de tonto, de bobo espectador en una pausa de la intriga.

—Pues le cumplí. —Se echó hacia atrás en el respaldo del asiento, cruzó los brazos, apretando el chicle entre los dientes, pero enseguida volvió a incorporarse—. O casi... —Nuevo silencio—. Me vine abajo al final, tú ya me entiendes, pero no fue del todo culpa mía, porque a pesar del estrés, y de lo dolorido que estaba, yo iba respondiendo con toda dignidad a las caricias ardientes de Mariluz, que estaba, te lo aseguro, desconocida, con unas ganas de agradar, como dicen los taurinos, muy superiores a las de nuestras noches en casa. Se había puesto encima de mí, cosa que en ella no es nada habitual, y nos estábamos acercando, por así decirlo, al desenlace. ¿Y sabes lo que pasó?

Entendí que debía negar con la cabeza: él me miró unos instantes sin decir nada para prolongar el suspense.

—Desde donde yo estaba, volviendo a un lado la cabeza, podía ver la puerta de la habitación. Y vi que se abría poco a poco, mientras Mariluz, encima de mí, subía y bajaba temblando toda y respirando muy fuerte, con los ojos cerrados, y en la puerta apareció Carlota, con un cigarrillo en la mano, me acuerdo muy bien, y se nos quedó mirando a los dos, primero a Mariluz, que le daba la espalda, y luego a mí, a los ojos, yo no sé si con cara de curiosidad, o de pena, o de burla, como comparando el cuerpo de mi mujer con el suyo, aunque tampoco podíamos vernos muy bien, porque en la habitación había muy poca claridad. Y claro, pasó lo que pasó. Mariluz al principio insistía y se esforzaba como si aquello pudiera arreglarse, pero luego se quedó quieta, todavía encima de mí, se limpió el sudor de la cara y me preguntó si me pasaba algo, y luego me dijo que no tenía importancia, que no me preocupara, lo normal que se dice en estos casos, aunque eso a mí, tengo que decírtelo, no me ha ocurrido casi nunca. Vamos, sin casi, no me ha ocurrido nunca, salvo aquella vez...

—¿Y Carlota? —me atreví a interrumpirle: Abengoa hablaba otra vez como si se hubiera olvidado de ella, de su presencia en el relato.

—Movió un poco la mano, como diciéndome adiós, y un segundo después volví a mirar hacia la puerta y ya no estaba. Debió de tomar el ascensor, porque lo oí arrancar muy fuerte en ese momento, tan fuerte que tembló hasta la cama. Ya no la vi nunca más.

—¿Se marchó del hotel?

—Nos marchamos nosotros —Abengoa miró su reloj y se frotó las manos, con el gesto de quien ha cumplido una tarea, luego alzó los ojos hacia el monitor donde ya se anunciaba, desde unos minutos antes, la salida del vuelo hacia Miami. El blizzard amainaba, tampoco faltaría mucho para que señalaran la partida de mi avión: qué raro, ahora, pensar que de verdad estaba a punto de ir a Buenos Aires—. Esa misma tarde tuvimos que cambiarnos a un hotel mucho mejor y más moderno, te lo recomiendo, el Libertador, en Córdoba y Maipú. Gajes del oficio. Al rato de irse Carlota llamaron con muchos golpes a la puerta y era el recepcionista jefe, el tipo del pelo blanco y las gafas al que yo le había puesto aquella gran cornamenta. Fuera de sí, al tío, hecho una fiera, le temblaba la barbilla. Pero lo que había descubierto, menos mal, no era mi aventura con su mujer, sino que yo trabajaba para Worldwide Resorts. Me dijo a gritos, sin el menor respeto a Mariluz, que yo era un infiltrado, un espía, y que como a todos los espías, iban a expulsarme sin honor, y que nos fuéramos inmediatamente de allí, que el hotel no estaba en venta, que si nos creíamos los gallegos de mierda que podíamos comprar el país. Yo me conozco, Claudio: si Mariluz no me sujeta le parto la cara. Y además, esa tarde, en el otro hotel, ella encontró mi ropa sucia con manchas de carmín y con olor a madreselva y a tabaco, y se coló en la ducha como un policía cuando yo estaba desprevenido y me pilló los mordiscos, pero mejor no te sigo contando, me costó semanas, meses, conseguir que me perdonara, y todavía no sé si ha vuelto a confiar en mí.

No oculto que me decepcionó el final tan apresurado de la historia, o más bien su falta algo desaliñada de final. ¿Carecía Abengoa de lo que Frank Kermode ha llamado «the sense of an ending», o se inclinaba, sin saberlo, por esa predilección hacia los finales abiertos que se inculca ahora en los writing workshops de las universidades? Media hora más tarde fue anunciado por los altavoces el boarding para el vuelo a Miami. Como a mí aún me sobraba mucho tiempo, acompañé a Abengoa hasta la gate que le correspondía, y me sorprendió descubrir que notaba cierta congoja al despedirme de él. Viviendo en América hay veces en las que uno se siente, por sorpresa, horriblemente solo. En el último momento, estrechándome largamente la mano, Abengoa me dijo:

—Claudio, ahora mismo te cambiaría ese billete tuyo a Buenos Aires.

IX

Nada se aleja más rápido en el recuerdo que los primeros episodios de un viaje. Llegué a Buenos Aires y el tiempo eterno de mi espera en el aeropuerto de Pittsburgh se disolvió en nada, y los rigores del blizzard y del invierno en Pensilvania se me olvidaron como el sueño de una mala noche cuando me vi caminando por aquellos lugares cuyos nombres bastaban para volvérmelos memorables, porque si no los había visto nunca hasta entonces me eran familiares y queridos a través de los relatos y de la biografía de Borges: vi la plaza Constitución, y enseguida me acordé de la muerte de Beatriz Viterbo con la misma pesadumbre que si esa mujer hubiera existido, como si se me hubiera muerto a mí y no a otro hombre, el Borges homodiegético de ese relato incomparable, *El Aleph*. Al encontrar la calle México me estremeció pensar que ese anciano ciego iría muchas veces por ella camino de la Biblioteca Nacional, donde vivía rodeado de libros que ya no le era posible leer. Por esa ciudad había deambulado Borges envuelto en sombras amarillas: no me parecía posible que llevara muerto ya ocho años, que yo no pudiera encontrármelo al doblar una esquina, rozando las paredes con una mano temblorosa, despeinado y muy viejo, con aquellos ojos tan raros y fijos que tenía, imaginando relatos o versos o acordándose de las mujeres que nunca llegaban a quererlo.

Me doy cuenta de que no estoy acostumbrado a que me reciba nadie al final de un viaje. Pero en Buenos Aires, en el aeropuerto de Ezeiza, me estaba esperando cuando llegué mi viejo amigo Mario Said, que tiene una ascendencia tucumana y siria, y que después de largos años en la vida académica norteamericana —incluyendo unos semesters no muy afortunados en Humbert College, donde hicimos una amistad inusualmente cálida para aquellos climas a veces tan ingratos—, volvió a la Argentina, y ahora enseña, no sin cierta melancolía, en la universidad de su provincia, quejándose aún de las intrigas de los Spanish departments, dolido todavía porque le negaron lo que yo ahora estaba a punto de conseguir, el full professorship, el tenure, la plaza fija, como yo le había traducido a Marcelo Abengoa cuando me preguntó, con embarazosa insistencia, por mi situación profesional. Conduciendo desde el aeropuerto hacia la ciudad, Mario reanudó enseguida sus quejas antiguas sobre la remota universidad americana donde había sido rechazado hacía ya varios años, como si el tiempo no le aliviara las heridas.

—Mirá, hermano, por fin me libré de aquella vaina gringa. —Mario Said tiene los ojos grandes y muy negros, muy brillantes, un poco húmedos, con la misma negrura del pelo rizado, y la boca carnosa de árabe se le tuerce hacia abajo en un gesto como de pena meditabunda, como de añoranza sin consuelo de algo—. Ahora no gano un mango, pero no tengo que bajarme los pantalones delante de ningún cabrón de chairman, como aquel que tuve hace mil años en Lexington, Kentucky, Morini, se llamaba, una serpiente auténtica, hermano, no más dándome jabón, prometiéndome el tenure, y de pronto un día me pareció como que dejaba de verme, y dejaron de verme todos los del departamento, y cuando se juntaron para evaluarme me tiraron sin compasión al tacho de la basura...

—¿Morini? —Sentí una opresión en el pecho, no me atreví a apartar los ojos de la carretera—. ¿Amadeo Morini, uno muy alto, con mucho pelo, con bigote, con un moreno de lámpara?

—Y, el mismo. ¿Lo conocés?

—Ahora es mi chairman.

—La pucha, hermano, la jodiste. —El gesto de la boca de mi amigo Mario Said se convirtió en un rictus trágico: yo apenas me fijaba ya en el paisaje liso y suavemente verde, en los primeros edificios de las afueras de Buenos Aires, no muy distintos, por lo demás, de los de Pittsburgh, con la diferencia de que en Pittsburgh prácticamente sólo hay afueras—. En cuanto le das la espalda te clava un puñal. Si querés un consejo, no le digas que sos amigo mío, no se lo digas nunca.

—Ya se lo he dicho.

—¿Y le has dicho también que ibas a verme en Buenos Aires?

—Como que me pidió que te diera recuerdos, y te traigo una separata suya dedicada...

Atento al tráfico, Mario Said movía la cabeza rizada y aguileña con una pesadumbre bíblica, muy inclinado encima del volante, como un conductor novato. Para no perder del todo el sosiego y los nervios procuré cambiar de conversación, y le pregunté cómo le iba de vuelta en su país, cómo estaba su hija, a la que yo recordaba como una niña seria y callada, de pelo y tez tan morenos como los de su padre, con quien vivía, los dos solos en un apartamento pequeño de Humbert Heights, después de un divorcio muy difícil. Me había parecido una niña triste, irritada por dentro, aislada entre adultos.

—Ya tiene trece años, la Mandy, ya no consiente que la llame Morochita. —Ahora a Mario Said se le puso en la cara una gran sonrisa, enseguida velada por el brillo de los ojos bajo los carnosos párpados entornados—. Te la encontrás por la calle y no la conocés, hermano, algunos me ven con ella del brazo y me toman por un lolitero. ¿Sabés lo malo? Que quiere que nos vayamos de vuelta a los Estados Unidos. Allá en Tucumán no hace otra cosa que sentarse delante de la televisión a ver CNN y Cartoon Network y las películas de TNT. Hay que joderse en esta vida, la pucha. Cuando yo era pequeño, en Tucumán, los niños de la calle me llamaban el Turco. Me fui huyendo a España cuando vino el Proceso y allá me llamaban algunos sudaca, o moro, si no me escuchaban hablar. Emigré a los Estados Unidos, nació mi hija y la llamaron la India. ¿Y sabés cómo la llaman ahora las niñas en la escuela? La gringa, la gringuita. Vos por lo menos sos de un solo sitio...

Hacía un otoño suave, con largas tardes doradas en las que más de una vez, y contra mi costumbre, eludí mis obligaciones académicas para pasearme sin descanso, sin hacer nada, sólo disfrutando de la sensación perdida de ir por ahí llevado por la curiosidad y la indolencia, de mirar escaparates, parques, edificios, librerías, mujeres. Mario me llevó a cenar a un sitio italiano, inmenso y populoso, que se llamaba Los teatros de Buenos Aires, en el que uno sentía, como una corriente eléctrica, esa agitada vitalidad que le aturde al llegar a Nueva York, sobre todo si se llega desde el letargo silencioso de Humbert, Pensilvania. Nos emborrachamos sin darnos mucha cuenta, exaltados por la alegría tan inusual de estar juntos y sabernos amigos, charlando y caminando hasta muy tarde por calles luminosas y llenas de gente, de cafés, de carteles luminosos de teatros. No saber orientarme en aquella inmensidad era casi una liberación: me guiaba mi amigo, me iba mostrando lugares que se me olvidaban enseguida, me acompañó en un taxi hasta mi hotel y al llegar allí aún nos quedaban ganas de seguir hablando y bebiendo, y tomamos un par de gin tonics en el bar, todo ya un poco borroso, el bar del hotel y Buenos Aires y la cara de Mario Said, el recuerdo de Humbert College y las confusas perspectivas de mi carrera académica.

Mario Said se marchó a Tucumán a la mañana siguiente de mi llegada. Nos despedimos con una gran resaca y con una nostalgia anticipada por las conversaciones, las caminatas y las copas que habíamos compartido, y que nos prometimos reanudar al cabo de no demasiado tiempo, tal vez allí mismo, en Buenos Aires, o en Madrid, que a Mario le gustaba tanto, y donde seguía pensando que tal vez debió quedarse: siempre me decía que en los años del exilio Madrid le suavizaba las nostalgias de volver, y que caminando por Lavapiés o La Latina, sobre todo de noche, tenía la sensación de que estaba en San Telmo. Nos despedimos con un abrazo antiguo, largo y apretado, tan lento como todos los gestos de Mario Said, que hablaba, comía y bebía muy despacio, como extasiado y a la vez ausente, que partía el pan con las dos manos anchas y morenas tan ritualmente como lo habrían hecho sus antepasados mercaderes o beduinos. Cuando ya había arrancado el coche lo detuvo un momento y asomó la cabeza como para decirme algo que hubiese olvidado:

—Y vos, ¿no te volvés a España?

Me encogí de hombros y no le dije nada, y le hice adiós con la mano hasta que desapareció en el siguiente cruce.

Había pensado asistir esa mañana a la conference, pero me dio pereza y me puse a caminar sin propósito, diciéndome que ya me incorporaría después del lunch break, a tiempo de escuchar la ponencia de un profesor Shelter, o Seltzer, que según creo trabajaba en Brooklyn College, y que iba a hablar de la influencia de Borges en la más reciente novela española, campo este que no es el mío, pero por el que quizás me conviniera empezar a interesarme.

Paseando ociosamente por Buenos Aires le di la razón al ya borroso Abengoa, a quien había tenido tan cerca durante unas pocas horas de mi vida y a quien seguramente no volvería a ver más: su ojo clínico, como él mismo habría dicho, resultó muy acertado. Me gustaba ver a esas mujeres bellas y enérgicas taconeando por las calles, entrando y saliendo de las tiendas exclusivas de la Recoleta, que, para mi sorpresa, no resultaban menos espectaculares que las de Madison Avenue.

Me sentía raro, exaltado. Hacía cosas que no estoy acostumbrado a hacer. Paseando ese mediodía por la calle Córdoba vi un restaurante que tenía en la puerta una gran vaca disecada, una vaca monumental, saludable, con esa expresión de felicidad budista que tienen las vacas en el campo. Tras el cristal del escaparate se veía una parrilla sobre un fuego de carbones que relucían como las gemas de un tesoro, y encima de ella se tostaban trozos rojos y brillantes de carne, cuartos enteros de animal, como en un banquete homérico. Del interior venía un aroma incomparable de carne a la parrilla y grasa quemada, un humo suculento de gula, de bárbaro colesterol, que despertó en mí deseos sepultados hacía mucho tiempo, desde antes de que adoptara los austeros (y también desabridos, a qué ocultarlo) hábitos alimenticios norteamericanos. Consulté la lista de precios y aunque éstos no eran disparatados estaban muy por encima de la mezquindad de mi cuenta de gastos (en ese aspecto, Morini, el chairman, puede ser tan abusivamente tightfisted como un dómine Cabra).

Iba a alejarme de allí, no sin desconsuelo, diciéndome a mí mismo que una de las más insalubres costumbres gastronómicas de España es la de los almuerzos abundantes, pero mis pasos no obedecieron a mi voluntad, y mientras yo me dictaba la orden de continuar el paseo y tomar un sándwich rápido en algún puesto callejero, otra parte de mí, la que había sido hechizada y drogada por el olor de la carne, entró decididamente en el restaurante, que era muy grande y estaba muy animado, se dejó guiar hacia una mesa por un obsequioso camarero de cara y ademanes italianos, que desplegó ante mí una carta forrada en piel auténtica de vaca, en piel entera, quiero decir, con un pelo rubio y suave como el de la vaca disecada del escaparate. No ignoro que la carne roja es una mina de colesterol y de otras sustancias nocivas, y hace tiempo que perdí la costumbre de tomar vino con el almuerzo, pero aquel día me atreví a tomarme uno de esos steaks maravillosos a los que llaman, algo misleadingly para un español, bifes de chorizo, así como una jarrita entera de vino italiano, áspero y delicioso, servido oportunamente, cada vez que quedaba mediada mi copa, por el atento camarero que me había guiado hasta la mesa, hacia el que acabé sintiendo una simpatía desbordada, una gratitud rayana en la emoción. No tenía esa amabilidad demasiado rápida de los waiters americanos, que lo marean a uno con su solicitud excesiva, de un dinamismo gimnástico, llenándole vasos de agua helada, sin que uno los pida, preguntándole si everything is OK y al mismo tiempo mirando a otro lado, importunándole para saber si quiere pedir otra cerveza, casi haciéndole pedir más cosas a achuchones. Este camarero porteño no me agobiaba, pero estaba siempre atento a mí, evitándome esa situación deplorable de quien come a solas en un restaurante y alza la mano para pedir algo y nadie le hace caso. Cuando vio que había terminado el inolvidable bife de chorizo me animó a probar como postre el flan con dulce de leche de la casa, que me tomé entero, a pesar de su consistencia y del peso y la hinchazón de mi estómago, tan poco acostumbrado a tales festines. Nada mejor para culminar la comida que un café y un digestivo, aconsejó: me hizo olvidar ese líquido infame al que llaman coffee en América sirviéndome un café muy negro y aromático, y el digestivo que me trajo no era, como yo había supuesto, una infusión de poleo o similar, sino una copa diminuta de grappa siciliana, destilada, según él, en el pueblecito de sus antepasados. Justo al probarla me acordé de que Abengoa había terminado con un copa de grappa su primera cena en Buenos Aires.

Casi con lágrimas en los ojos (lágrimas de agradecimiento y de digestión, como las de los cocodrilos), me despedí del camarero estrechándole la mano y prometiéndole que volvería, y que si viajaba alguna vez a Sicilia visitaría aquella aldea cuyo nombre, repetido por él y leído por mí en la botella de grappa, ya se me había olvidado. Le dejé, creo yo, una propina principesca, y crucé el gran salón del restaurante hacia la salida procurando avanzar en línea recta entre las mesas y no tambalearme.

Había pensado asistir a la sesión de la tarde de la conference, cuyo momento estelar iba a ser la keynote speech impartida nada menos que por la célebre Ann Gadea Simpson Mariátegui, de Palo Alto, California, que exhibe los apellidos de sus exmaridos como si fueran los trofeos de un guerrero jíbaro, y a la que llaman, no sin razón, la Terminator del New Lesbian Criticism. Su último libro, que me prestó Morini, aconsejándome vivamente que lo leyera («para que veas por dónde van los tiros, como dicen ustedes en la madre patria, siempre tan belicosos»), se titulaba *(Under) writing the female body: Sor Juana Inés de la Cruz/Frida Khalo/Madonna*, y venía gozando en los Spanish departments de un prestigio (a mi parecer, desde luego) un tanto overrated, pero inatacable. De pronto, en todos los parties, en los almuerzos del Faculty Club, ése era el libro que todo el mundo acababa de leer, y que yo trataba de disimular que aún no había leído.

Tenía tanto sueño que me desplomé en un taxi y casi me quedé dormido en el trayecto hacia el hotel. Me eché en la cama, calculando que tendría tiempo para una catnap de veinte minutos o media hora antes de irme a la lecture de Simpson Mariátegui, que se titulaba, por cierto, según leí en el programa, *From Aleph to Anus: Faces (and feces) in Borges. An attempt at Postcolonial Anal/ysis*. Sentí placenteramente cómo me iba deslizando hacia el sueño, bien ahíto de comida, de vino tinto, de café, de grappa, en un estado de beatitud física que me hizo acordarme de la cara colorada y la barriga prieta de mi fugaz amigo Marcelo Abengoa, acordarme o soñar con él, que me contaba algo, aunque yo no distinguía bien sus palabras, había comido y bebido demasiado...

No me desperté a tiempo de ir esa tarde a la conference, pero a la mañana siguiente, cuando acudí por fin a ella, la ilusión de haber sido invitado empezó a convertirse en un sentimiento de incomodidad, hasta de un poco de fastidio, como si yo no tuviera mucho que hacer allí ni en realidad me uniera nada con la mayor parte de las personas con las que me cruzaba, aunque exteriormente era idéntico a casi todas ellas, distinguiéndome apenas por el nombre que llevaba en el badge plastificado de la solapa. No me enteraba de una gran parte de las cosas que escuchaba, aunque entendiera perfectamente las palabras españolas o inglesas en que se decía, y estuviera ya muy habituado a casi todas ellas. Después de asistir a tantas conferences y seminars, aquélla fue la primera vez que me di cuenta de algo muy curioso: todos los scholars, aun hablando idiomas diversos y viniendo de varios continentes, repetíamos siempre el mismo gesto durante la lectura de nuestros papers, e incluso después, en las charlas de pasillo o en los comedores: cada vez que queríamos indicar que citábamos algo, que lo entrecomillábamos para ponerlo en duda, extendíamos los brazos a los costados para dibujar en el aire, con los dedos índice y corazón de cada mano, el signo de las comillas, como si las puntas de los dedos rascaran o aletearan brevemente en el vacío.

Mi paper sobre narratividad e intertextualidad en el soneto *Blind Pew*, además, no me tocó leerlo en la sesión plenaria, tal como estaba scheduled. Por culpa de una confusión, de un malentendido achacable a la falta de seriedad (tan latina) de los organizadores, fui desplazado a un aula marginal y a una hora imposible, las ocho y media de la mañana del último día. Mi nombre atrajo una exigua audience de cuatro personas, pero cuando me situé delante del lectern y me puse las gafas para empezar a leer noté que había entrado un quinto espectador. Se me atragantó el primer carraspeo de cortesía: quien había entrado era, para mi sorpresa y mi infortunio, Ann Gadea Simpson Mariátegui, a quien reconocí por sus fotos, porque nunca, hasta aquel día desdichado, la había visto in the flesh. ¿Cómo era posible que ella, la diva de la Conference, hubiera madrugado para molestarse en asistir a la lecture de un casi don nadie? Pero yo soy muy torpe o muy perezoso para sospechar, y en aquel momento no se me ocurrió hacerme con demasiado ahínco esa pregunta.

Leí, muy nervioso, con la boca seca, sin atreverme a desplazar la mano hasta el vaso de agua y a llevármelo a los labios, porque temía que se me notara mucho el temblor, que se me derramara el agua. A Simpson Mariátegui no me atrevía a mirarla: de vez en cuando buscaba la mirada de una chica joven sentada en la primera fila, bastante fea, con gafas grandes, pálida, con el pelo color de paja sin brillo, con las mejillas un poco abruptas de acné. La veía mover la cabeza aprobadoramente hacia lo que yo decía, tomar notas, empecé a sentir hacia ella una mezcla muy rara de lástima y de gratitud. Tras un tiempo eterno terminé mi exposición, sonreí, con la sonrisa tonta y rígida del miedo, me quité las gafas, agradecí una o dos palmadas anémicas, producto de la temerosa efusión de la señorita de la primera fila.

Al principio me pareció que escaparía a salvo. Pero el silencio de Simpson Mariátegui era ese instante de inmovilidad en que la fiera entona sus músculos para saltar sobre la presa inerme.

Alzó la mano, se puso en pie, mordiendo la punta de un bolígrafo, punta que luego volvió hacia mí en un gesto no muy distinto del de apuntar una pistola. Me aplastó. Me humilló. Me sumió en el ridículo. Me negó el derecho a hablar de Borges, dada mi condición de no latinoamericano. Me acusó de alimentar la leyenda de Borges, ese escritor elitista y europeo que dio la espalda a las genuinas culturas indígenas latinoamericanas. Me recordó, citándose con desenvoltura a sí misma, su celebrada ecuación Europe=Eu/rape. A esas alturas la chica de los granos, mi oyente fervorosa, bajaba la cabeza cuando yo buscaba un poco de ayuda en sus ojos, como si yo le diera tanta pena que no pudiese mirarme, o como si quisiera ocultar ante la iracunda Terminator cualquier rastro de simpatía hacia mí.

Ya en jarras, Simpson Mariátegui se preguntó hasta cuándo iba a ser tolerada la fascinación europea, heterosexual y masculina por los mitos del expolio colonial, pues no otra cosa, según ella, era *La isla del tesoro*, uno de cuyos personajes, el mendigo ciego que se llama Pew, protagoniza el poema de Borges que yo había intentado analizar, y que tantas veces me he repetido a mí mismo de memoria, sin que deje nunca de emocionarme de una manera honda y misteriosa, de hacerme una compañía siempre leal incluso en los episodios más mezquinos de la soledad o el infortunio:

Lejos del mar y de la hermosa guerra,
Que así el amor lo que ha perdido alaba,
El bucanero ciego fatigaba
Los terrosos caminos de Inglaterra...

X

Uno o dos días después, el sábado de aquella semana de raro otoño austral que pasé en Buenos Aires, en una mañana fresca, con una promesa de lluvia en el aire, me encontré paseando al azar por una plaza que resultó ser la de Mayo, y al doblar una esquina vi de pronto ante mí el letrero vertical y el tamaño ingente del hotel Town Hall. Como tantas veces, mientras andaba solo por la calle había ido murmurando versos de Borges, primero el poema a Spinoza *(Las translúcidas manos del judío / labran en la penumbra los cristales...)*, después *El Golem*, que me sé entero a pesar de su longitud, por fin, de nuevo, mi querido *Blind Pew*, el soneto gracias al cual, de algún modo, yo había viajado a Buenos Aires, el que había hecho caer sobre mí el furibundo anatema de Ann Gadea Simpson Mariátegui.

Sabía que en remotas playas de oro
Era suyo un recóndito tesoro
Y esto aliviaba su contraria suerte...

Si pensaba en la humillación a que me había sometido aquella mujer que no me había visto nunca y a la que yo no le había hecho nada (mi paper no lo escuchó casi nadie, pero los exabruptos de Ann Gadea contra mí fueron el gossip de todo el simposium), si me acordaba del modo en que me había mirado, golpeando el bolígrafo contra su notebook y agitando ligeramente la cadenilla de las gafas, con un sonido no muy distinto al cascabeleo de una rattlesnake, aún me picaba la cara como si fuera a ponerme colorado, la cara y el pelo, y tenía que rascarme, en medio de Buenos Aires, y me ponía a murmurar entre dientes palabras que de ser oídas acarrearían mi expulsión inmediata de Humbert College.

Había llamado a Borges dead white male trash, la tía, y a mí me había acusado más o menos de complicidad hereditaria, en mi condición imperdonable de español, con las cárceles de la Inquisición, con el genocidio de las poblaciones indígenas, con las aberraciones sexuales cometidas por Hernán Cortés con Malinche, su amante Native American. Pero si de todos modos iba a ir hablando solo por la calle, mejor me ponía a recitar versos de Borges.

A ti también, en otras playas de oro,
Te aguarda incorruptible tu tesoro...

Ya estaba delante de la puerta giratoria del Town Hall, y sin meditación ni propósito, sin incertidumbre, con una ligera sensación de ser guiado o atraído, me vi empujándola, y enseguida fui como envuelto o abducted por ella, en su lento torbellino, y me encontré, en menos de un segundo, en otro mundo que no tenía nada que ver con el que había dejado en la acera, en la vereda, como dicen los argentinos, con una palabra tan bella: estaba en el lobby de un hotel Art Déco, una versión disminuida y decrépita del Waldorf Astoria, un lugar donde no es que el tiempo se hubiera detenido, como suelen decir en las novelas, sino donde se habían detenido las cosas, porque el tiempo sí que había pasado muy cruelmente por ellas, envejeciéndolas sin rastro de nobleza, más allá del efecto de la negligencia humana, hasta un punto espectral como de ruina geológica.

En el aeropuerto de Pittsburgh había imaginado este lugar a través de la voz de Marcelo Abengoa. Ahora lo reconocía como si ya hubiera estado en él, porque la descripción que había escuchado era de una perfecta accuracy: los empleados lentos, con uniforme gris de largas botonaduras hasta el cuello y gorrito circular, la alfombra barroca y densa, pero con calvas ignominiosas, las columnas de mármol de una altura y una solidez de templo egipcio, el salón de amplitud inmensa en medio del cual pendía una araña tan grande como la copa invertida de un árbol. (Algo más que tienen en común Buenos Aires y Nueva York es la escala ingente de algunos espacios interiores, tan ajena a las mezquinas estrechuras europeas.)

Me fijé, sin embargo, en que el recepcionista no era el hombre de pelo blanco y gafas del que me había hablado Abengoa. No era viejo, pero tampoco era joven, no tenía casi pelo, pero tampoco se hubiera podido decir que estaba calvo. Anotaba algo en un libro ciclópeo de registro cuando pasé junto a él, y no levantó los ojos. El ascensorista sí que era con toda seguridad el que Abengoa conoció: tenía el pelo brillante y planchado hacia atrás, con ese aplastamiento excesivo que tiene el pelo de ciertos borrachos que se peinan mucho, aunque no se laven la cabeza. Necesitaba con la misma urgencia un afeitado y un uniforme limpio, y no se había molestado en abrocharse los botones superiores de su chaquetilla de ascensorista de 1940.

Me extrañó que nadie me interpelara. Supongo que la inminencia de la ruina absoluta los había sumido a todos en un estupor de indiferencia y desgana. En los cuatro años transcurridos desde el viaje de Abengoa todo parecía haberse ido degradando con una persistencia monótona, al mismo tiempo que la ciudad revivía y se recobraba de los peores estragos de la crisis, y al parecer también del pánico a los militares, según me había dicho Mario Said, que tenía tantos motivos para seguir temiéndoles.

Entré en el salón: los ventanales que daban a la calle eran tan altos como vidrieras góticas, pero los cortinajes, que parecían por su espesor los del escenario de un teatro de ópera, estaban casi echados, de modo que apenas entraba la claridad de la mañana, y la única iluminación eran algunas lámparas encendidas junto a sillones orejeros como de club inglés, con tapicerías muy rozadas, pero que conservaban todavía un noble olor a cuero. Sobre las mesas bajas había anchos periódicos de tipografía anticuada, sujetos con bastidores de madera: *La Na-*

ción, el *Times* de Londres, exactamente como había dicho Abengoa. Me imaginé que en otro tiempo los leerían solemnes patricios porteños, partidarios de las costumbres británicas y de los golpes militares, del five o'clock tea y la picana, según el macabro dictamen de mi amigo Mario, que en el año setenta y seis se salvó de milagro de que lo desaparecieran en una de aquellas cárceles secretas a las que llamaban, con precisión siniestra, chupaderos, y tardó quince años en volver: «Hay que joderse —me decía en sus trances de más pesadumbre en Humbert College—, los patriotas me dejaron sin patria.»

Sin darme mucha cuenta, esa mañana yo me había ido deslizando hacia un estado de ánimo así de sombrío. Me sentía solo en aquel extremo del mundo, en una ciudad de diez millones de habitantes en la que no conocía a nadie. Me dolían los pies, había pasado mala noche, porque los viajes y los hoteles me trastornan fácilmente el sueño, seguía teniendo en carne viva la herida abierta en mi dignidad por aquella mujer a la que ahora procuraba aplicarle los adjetivos que hubiera escogido para ella el despiadado Abengoa. ¡Y yo no me había defendido, no había contestado nada, ni una palabra, me había quedado balbuciendo detrás del lectern, la había visto salir del aula con una arrogancia como de matador (o matadora), con las caderas echadas hacia delante, mirando de medio lado al tendido, a los cuatro oyentes pusilánimes o despistados que se encargarían luego de difundir mi ridículo, y a los que lo único que les faltó fue sacar los pañuelos para pedir una oreja, o dos orejas, las mías!

Inopinadamente me veía aquejado, en el hotel Town Hall, de un deseo inaplazable de caminar y respirar en una calle de mi país, de tomarme una ración de gambas o de berberechos y una caña de espuma blanca y densa en aquel lugar que me había recordado Abengoa, la cervecería Santa Bárbara de Madrid. Me emocioné bochornosamente al repetirme una de sus vulgaridades: «Es que España tira mucho.» Para reunir fuerzas, antes de enfrentarme de nuevo a la intemperie de la calle, me dirigí a la barra que se vislumbraba al fondo del salón y esperé a que apareciera algún camarero. Tardó en llegar, abrochándose una chaquetilla roja que olía a transpiración rancia, como las prendas que se ponen los actores en el teatro: se ve que el personal había sido severamente downsized, como habría dicho Abengoa, porque era el ascensorista el que atendía el bar.

Iba a pedir una Diet Pepsi, pero tuve uno de esos arrebatos raros que me daban en Buenos Aires y ordené un double scotch, yo que apenas bebo, y además lo pedí straight, sin agua ni hielo. En los Estados Unidos me he acostumbrado a pagar la bebida en cuanto me la sirven. Pero este camarero no aceptó el billete que yo le ofrecía. Ni que decir tiene que la ración de whisky era mucho más generosa que en América, donde se lo vierten a uno sobre el hielo del vaso con la misma mezquindad que si fuera un raro producto farmacéutico.

—Invitación de la casa —dijo—. Tuvo suerte el señor. Si llega a venir mañana nos encuentra cerrados.

—¿Es que van a restaurar el hotel? —pensé que tal vez Abengoa y Worldwide Resorts habían logrado su propósito.

—Qué más quisiéramos nosotros. —El camarero, con una desenvoltura que me pareció astonishing, se había servido otro whisky, aún más generoso que el mío, y encendía un cigarrillo—. Lo cierran. Lo derriban. El señor debe de ser distraído: ¿no vio el cartelón de fierro sobre la fachada? Al final el patrón se rindió. Se lo comieron los bancos. No pudo resistir más y el corazón se le partió. Tres días hace que le dimos sepultura, en la bóveda de sus viejos, en la Chacarita. Mire qué broma, el país entero para arriba, saliendo de la crisis, y nosotros para abajo, tirados en la vereda, como quien dice. El Town Hall, que era un tótem porteño.

El camarero apuró su scotch de un trago y se sirvió otro, con el cigarrillo en la boca, esparciendo ceniza sobre la barra y las solapas de la chaquetilla, con los ojos guiñados, porque le molestaba el humo, con un aspecto general de carelessness más bien encanallada. Junto al bar estaba el gran arco de acceso al comedor. Pensé que ese lugar dentro de muy poco ya no existiría y con la copa en la mano me interné en aquel espacio que tenía una vastedad y una penumbra de catedral abandonada. Se parecía a esos comedores en lujo que se ven en las fotografías de los transatlánticos antiguos. Todas las mesas tenían manteles blancos y vajillas y cubiertos preparados como para un gran almuerzo inminente, pero la falta de luz —el comedor sólo estaba alumbrado por la muy escasa que le llegaba del salón— provocaba un efecto lóbrego de concavidad y de ausencia.

Pero tampoco aquí estaba yo completamente solo: al acostumbrarse mi pupila a la penumbra vi una mujer sentada en una mesa, muy al fondo, pero esa presencia humana, más que habitar el espacio o mitigar su desolación, la subrayaba, como una figura muy pequeña al pie de una columna en un templo en ruina. Junto a la mujer, sobre la mesa en la que estaba acodada, como aguardando a un camarero que viniera a servirla, había una lámpara encendida, uno de esos candelabros con cera falsa y llama de cristal. Era rubia, y al aproximarme un poco más a ella le calculé unos cuarenta años. Era rubia y tenía el pelo turbulento y rizado y los labios pintados de rojo y llevaba una chaqueta de hombros anchos y cuadrados con un escote que descubría la piel muy blanca del cuello. Parecía que estaba queriendo llamar mi atención: tal vez me confundía de lejos con el camarero que no llegaba. Tenía un cigarrillo apagado en la mano, seguramente iba a pedirme fuego.

No la había visto nunca, pero la reconocí en un instante. Aquella manera tan directa de mirarme a los ojos mientras señalaba el cigarrillo apagado era una invitación equívoca que yo no había visto en la mirada de ninguna mujer, igual que hasta entonces no había olido aquel perfume tan fuerte de madreselva.

Avancé entre las mesas hacia ella, sin saber qué haría ni qué iba a decirle. Me faltaba el aire, tenía que respirar más hondo. «Carlota —dije, pero apenas me salía la voz, como cuando iba por la calle diciéndome versos de Borges—, Carlota Fainberg.» Pero otra voz mucho más fuerte que la mía se superpuso a ella y la borró, quebrando el instante en que yo me acercaba a Carlota Fainberg como si fuera arrojada contra el suelo una ampolla de cristal.

—Señor, eh, señor, vuelva, adónde va, no se puede entrar ahí.

Miré hacia atrás y el camarero estaba haciéndome un ademán de urgencia desde el arco de entrada del salón. Soy muy manso con cualquiera que muestre una autoridad rotunda hacia mí: aturdido, volví la cara hacia la mesa donde había visto a Carlota Fainberg, pero ya no estaba, aunque la luz seguía encendida, como si el vozarrón del camarero también la hubiera asustado.

Llegué al bar y me di cuenta de algo que absurdamente no había advertido hasta entonces: el camarero ascensorista estaba blind drunk, tanto que la bofetada de alcohol me llegó desde bien lejos, y cuando quería apoyar el codo en la barra le fallaba el equilibrio y casi se le desplomaba la cabeza sobre ella. Tenía los ojos bloodshot, inyectados en sangre, como se dice en España, y se rascaba sin ceremonia el cuello de la chaquetilla inmunda y el mentón oscurecido de barba. Se había servido otro scotch y fumaba mascando el filtro del cigarrillo. Con un gesto muy desagradable de camaradería agitó la botella para que yo le acercara mi copa. Le faltaba un diente más que durante la visita de Abengoa. Miré de soslayo a la mesa donde había estado Carlota Fainberg, la única iluminada del comedor. Me pareció que aún flotaba en el aire el humo de su cigarrillo, abandonado en el cenicero: pero no podía ser, yo la había visto con el cigarrillo apagado en la mano, tal vez pidiéndome fuego, con un gesto que se habrá perdido muy pronto, imagino, cuando ya no queden mujeres atractivas que fumen y pidan fuego a los desconocidos. Hubiera querido ir a buscarla, pero no me atrevía. Soy de esos hombres pusilánimes que viven intimidados por el personal subalterno. Escuché muy fuerte el ruido de una aspiradora: una mujer encorvada y muy vieja la manejaba entre los butacones del salón.

—Perdone el señor que lo llamara tan fuerte. —En la voz del camarero no había el menor tono de disculpa—. Pero es que todas las dependencias del hotel, salvo las de servicio, están selladas por orden judicial. Se lo llevarán todo, todos los muebles, las alfombras, todos los recuerdos del patrón y de la señora Carlota.

—¿Quién? —lo pregunté como si no hubiera escuchado bien ese nombre, que me había estremecido.

—La señora Carlota, la esposa del patrón, el señor Isaac Fainberg. El Fangio de la hostelería rioplatense, lo llamaban...

—Creo que llegué a conocerlo, hace años —improvisé, con un ligero pálpito de impostura, de una curiosidad que iba pareciéndose al miedo—. ¿Puede recordarme cómo era?

—Y, cómo no, se ve que al señor lo impresionó el personaje. Alto, con su pelo blanco, con sus lentes que le hacían tan serio. En cuanto apretaron los malos tiempos al señor Fainberg no le importó cambiarse el saco de patrón por el uniforme de recepcionista. ¿Quiere creer que fuera de nosotros muy poca gente sabía que él era el dueño? Yo lo miraba y pensaba: al patrón van cuatro lustros que le dura el velorio. Porque de entonces acá se torcieron las cosas y el Town Hall no volvió a ser ni sombra. Pero si me pone el señor esa cara de pena no le sigo contando. ¿Tomará otro trago, otra copita, como dicen ustedes en España? Lindo país el suyo. Mis viejos vinieron de allá, mi papá de La Rioja, mi mamá de la provincia de Lugo, dígame si no puedo presumir de background.

El camarero llenó las dos copas: las llenó tanto que al chocar la suya con la mía en un incongruente toast (¿por La Rioja, por Lugo, por España, por los good old times del hotel Town Hall?), las dos se derramaron un poco.

—Supongo que la viuda, la señora Carlota, se hará cargo de todo —dije, y el camarero me miró primero con desconcierto, y luego con un gesto de burla, chasqueando los labios brillantes de alcohol.

—¿Pero de qué viuda me habla el señor, si fue el patrón quien se quedó viudo de la señora Carlota? Ya me parecía raro que usted lo hubiera conocido.

—No hará mucho tiempo de eso...

—¿Pues no le dije recién que habían pasado cuatro lustros, veinte años, según mi cuenta?

Pensé, con un sentimiento retardado de fraude, que Abengoa me había mentido, pero no alcanzaba a comprender por qué, ni en qué materiales de la realidad se había basado su innecesaria ficción: pensé que mi imaginación había inventado a la mujer rubia sentada junto a la mesa, con el cigarrillo en la mano, invitándome a acercarme a ella, como en cualquiera de esas películas que habían alimentado los embustes de Abengoa. Pero el camarero estaba hablándome, y yo, tan perdido en mis fantasmagorías, no le prestaba atención.

—... Eso fue lo que acabó con el patrón, y poco después con el hotel. Vino en todos los diarios, noticia de primera página. Antes de casarse con el patrón y abandonar su carrera, la señora Carlota había sido una de las estrellas más rutilantes de la calle Corrientes, no sé si la conoce, el Broadway de Buenos Aires. Aún me acuerdo de ver cuando pibe su cara en las marquesinas de los teatros, rodeada de luces. Pero se enamoró del patrón y lo dejó todo por él, amour fou a primera vista. Linda historia de amor, ¿no le parece?

Sin darme cuenta yo había acabado mi copa. Una parte de racionalidad y prudencia extraviada dentro de mí me advertía con espanto que aún no había llegado el lunchtime y yo estaba ya borracho. Malignamente el camarero me sirvió más alcohol, que yo no rechacé. El ruido de la aspiradora estaba mucho más cerca, a mi espalda. Se interrumpió de golpe y me volví. La criada me miró con una expresión interrogativa, con un cierto descaro, acercándome mucho sus ojos guiñados, como si no me viera bien. Su cofia y su delantal pertenecían, como la aspiradora, a los años de gloria del hotel. Estaba prácticamente encima de nosotros, espiándonos sin molestarse ya en fingir que limpiaba, pero el camarero siguió hablándome como si ella no existiera.

—Pero las grandes historias de amor nunca acaban bien, ¿no es cierto? Acá confluyen el Eros y el Tánatos. En cinco años todo terminó. Yo aún no trabajaba en el hotel, pero me lo contaron.

—¿Se mató en el ascensor? —especulé, con una vehemencia en gran medida alcohólica—. Hubo algún fallo, y cayó desde uno de los pisos altos...

—Desde el piso quince. —El camarero me miraba ahora con extrañeza, como recelando algo o arrepintiéndose de su propia locuacidad—. Pero qué quiere que le cuente, si el señor parece que ya lo sabe todo. La señora Carlota acababa de salir de sus aposentos, que estaban donde después se ubicó la suite nupcial. No encontró al ascensorista de servicio, o quiso manejar el aparato ella sola, y créame, se lo dice un profesional, ésa no es una tarea tan fácil como el público piensa. No le exagero si le digo que yo a ese aparato le tomé cariño, a pesar de su leyenda, no es uno de esos ascensores automáticos de ahora, tan impersonales, le doy mi palabra de que es como un Stradivarius. Me da congoja pensar que va a perderse. El último ascensor manual de Buenos Aires. Como dijo un diario de entonces, fue el ataúd de la señora Carlota.

«El patrón la mató. Él trucó el mecanismo para que Carlota muriera.»

El camarero y yo tardamos un instante en darnos cuenta de dónde venía la voz y a quién pertenecía, una voz tan indiferente como esas que leen los partes informativos en la radio. Al principio la mujer soportó en silencio nuestras dos miradas.

Era pequeña, un poco encorvada, una de esas mujeres de otros tiempos que llegaban a la vejez con la columna vertebral torcida y las rodillas destrozadas por el trabajo doméstico. Cuando volvió a hablar, con el duro acento de España apenas matizado por inflexiones argentinas, sólo me miraba a mí, pero no había fijeza en sus pupilas demasiado miopes. ¿Habría sido ella quien le contó la historia a Abengoa, quien le dio la idea para el prolijo embuste que él me contó a mí?

—Ahora que está muerto el patrón y que el hotel lo van a derribar ya no importa que se sepa —dijo, severamente en pie, vestida de negro, como una aldeana española—. El señor Fainberg se volvió loco por ella, pero a Carlota él no le importaba nada. Yo la conocía bien: fui su asistenta en el teatro, y cuando se casó con Fainberg me trajo con ella. Al poco tiempo se aburrió y empezó a decir que por culpa de aquel hombre había tenido que renunciar a su carrera. Mentira, se lo digo yo. La carrera de Carlota estaba ya terminada, y por eso aceptó casarse con él, para asegurarse una posición. Y durante los cinco años que vivió después no paró de engañarlo. De mí no se ocultaba: cómo iba a ocultarse, si yo la había visto en sus comienzos. Pero cada vez era peor, se ofrecía a los clientes, como una puta debajo de un farol. Se iba a una habitación con cualquiera de ellos y el patrón andaba por los pasillos buscándola, y me sacudía a mí para que le dijera dónde estaba. Algunas veces la llegó a sorprender con un amante y entró en la habitación para expulsarlo a patadas, imagine la vergüenza para un hotel de esta categoría, el escándalo. Yo andaba siempre cerca, por si ella me necesitaba, pero no vaya a creerse que me trataba a mí mejor que a su marido. Tenía la cabeza llena de humo, creía que todavía era una gran actriz de Buenos Aires, y el público ya la había olvidado. Una mañana la vi salir de la habitación de un gringo con el que había pasado toda la noche, en el piso quince, dando un escándalo. Desde mi cuartillo había estado yo oyendo las risas de los dos, los golpes en la pared, el ruido de la cama, los gritos de ella, y además los del gringo, que eran como los de los vaqueros en las películas del Oeste, cuando se suben a un toro o a un caballo salvaje, los muy idiotas. Cuando Carlota salió, el ascensor estaba abierto justo en aquella planta, y no había ascensorista, mire qué casualidad, si no faltaba nunca. A ella le gustaba manejarlo sola. La vi entrar en el ascensor y un minuto después ya estaba muerta y destrozada.

La mujer dejó de hablar, pero no de mirarme. Tuve un escalofrío al descubrir que me había quedado solo con ella. Recordé con vaguedad que mientras la escuchaba sonó un timbre y el camarero se marchó, quitándose la chaquetilla roja. Yo dejé mi vaso vacío sobre la barra e intenté algún gesto que aliviara la rígida situación, encogerme de hombros o sonreír. Pero yo no había inventado a la mujer rubia, a pesar del alcohol y de la falta de luz, yo la había visto, había llegado a sentir su perfume de madreselva, casi lo percibía ahora mismo, rozándome como una insinuación, como una presencia de algo.

—Usted la ha seguido viendo todos estos años —dije, pero la mujer me miraba como si yo le hablara en un idioma desconocido—. Usted la veía en el piso quince, y la ha visto hace un rato en el comedor, ¿verdad? Siempre cerca de ella, como entonces, por si necesita algo. La ha visto haciéndome un guiño, pidiendo fuego, como lo haría con los clientes cuando estaba viva, fingiendo que se le había torcido un tacón.

—Tiene que irse de aquí. —La mujer inesperadamente volvió a conectar la aspiradora, y al inclinarse para limpiar con ella en algún punto de la extensión ilimitada de la alfombra fue otra vez una criada vieja y menuda, trivial y algo patética, una emigrante sin fortuna, sin el menor misterio—. Tiene que marcharse enseguida. Usted es muy joven para pensar tanto en los muertos.

XI

Siempre llega un momento, más tarde o más temprano, en que la soledad más satisfecha y autosuficiente se convierte en un estado de quejumbrosa humillación, y en el que uno añora miserablemente los cuidados de una esposa, de una madre abnegada. El lunes yo tenía que haber volado de regreso a Pittsburgh. El domingo empecé a notar un picor muy desagradable en la garganta, y se me repitieron varias veces los accesos sucesivos de calor que habían empezado la mañana infausta de mi lecture, y que yo consideraba derivaciones psicosomáticas del berrinche provocado por la innombrable Terminator. Recordé con aprensión un paseo imprudente por la Costanera, un mediodía de sol casi de verano y rachas de viento atlántico que me enfriaban el sudor. Asomado a las aguas del río de la Plata me había acordado de Borges.

Y fue por este río de sueñera y de barro
Que vinieron las naves a fundarme la patria.

Dormí esa tarde una siesta extenuada e inquieta y cuando me desperté tenía fiebre, y cada vez que tragaba saliva parecía que se me iba a desgarrar la garganta. Siempre llevo en los viajes un frasco de Tylenol: tomé dos pastillas que me aliviaron un poco, y procuré beber mucha agua, a sorbos, por el dolor de la garganta. Apenas fue de noche me dormí con la somnolencia engañosa de la fiebre. Aún tenía esperanzas de encontrarme mejor por la mañana, o al menos de estar en condiciones de ir al aeropuerto y tomar el avión. Pedí que me despertaran a las siete. A las cuatro y media estaba despierto, con la cara ardiendo, con la lengua áspera, con la garganta hinchada, en un estado físico y moral deplorable que sólo puede comprender quien haya pasado a solas una noche de fiebre en la habitación de un hotel.

A las siete acepté el hecho de que no estaba en condiciones de emprender el viaje. Delirando de fiebre tuve que verme envuelto en tortuosas gestiones telefónicas, primero para cancelar mi billete e intentar que me hicieran una reserva en el vuelo del día siguiente sin pagar una penalización exorbitante, luego para que la dirección del hotel me permitiera quedarme una noche más, lo cual trajo consigo malentendidos y dificultades y dilaciones que se volvían más lentos y se enredaban más laberínticamente por culpa de la fiebre que seguía subiéndome, y que cuando remitía era para dejarme tirado en la cama de aquella habitación a cada momento más hostil como un despojo de mí mismo.

Llamé también a Morini, y por miedo a que creyera que mi enfermedad era un pretexto para alargar el viaje exageré innecesariamente mi estado y puse un poco más ronca la voz: que no me preocupara, me dijo, que la salud era lo primero, que él lo tenía todo bajo control, para eso estaban los amigos.

El miércoles me encontré por fin en condiciones de viajar. Recuerdo como una pesadilla los trámites del check in en Ezeiza, las colas populosas delante de los desks, el espacio exiguo del asiento en clase turista donde pasé doce horas en las que me venía en oleadas el presentimiento de la fiebre, el pánico de que me volviera a subir en aquel avión agobiante, convirtiéndome de nuevo en eso que es uno cuando está solo y se pone enfermo en un país extranjero: un paria.

En los diez días de mi ausencia la nieve había desaparecido de los paisajes boscosos de Pensilvania, y con ella cualquier rastro del invierno que dejé atrás al marcharme. En las praderas de Humbert College, en el gran espacio abierto de Humbert Commons, el césped resplandecía al sol con un verde fuerte y luminoso, y todo el aire estaba perfumado de savia, del olor a la hierba que iban cortando con su ronroneo monótono los lawn mowers. Los estadounidenses se toman tan fanáticamente en serio las promesas del buen tiempo como las del American way of life: bajo los grandes chestnuts del campus, en los que habían estallado casi al mismo tiempo los brotes de hojas nuevas y los racimos de flores rosadas, las estudiantes, apenas había empezado a apretar el sol, se tendían en la hierba ya vestidas del todo de verano, en shorts, en camiseta, descalzas, manchas de piel muy blanca sobre el verde intenso de la pradera revivida en unos días tras seis meses de invierno.

No oculto que me latía incontroladamente el corazón cuando empujé la puerta enorme y pesada que da paso al Humbert Hall, donde están las aulas y las oficinas del departamento. La noche anterior, cuando llegué a casa, desguazado por el viaje, puse el contestador automático por ver si había dejado algún mensaje Morini: esa tarde, mientras yo sobrevolaba en un 747 el golfo de México, se habría decidido mi ascenso a full professorship. Pero en la answering machine no había ningún recado, ni de Morini ni de nadie, y ese silencio ya me pareció un mal augurio. Me consolé como pude recordando algo que me había dicho Morini una vez, que no le gustaba dejar mensajes importantes en ese aparato sin alma. Tuve la tentación de llamarlo a su casa: pero jamás me habría atrevido a esa hora, las diez y media de la noche. En Pensilvania llamar por teléfono después de las diez es casi tan pecado (y casi tan delito) como ponerse a beber alcohol una mañana de domingo en el aparcamiento de una iglesia.

Dormí bien, a pesar de todo, porque había pasado en vela las tres noches anteriores, y porque me tomé dos somníferos. Nada es más beneficioso para mi equilibrio personal que una buena noche de sueño. A pesar de la inquietud conduje con buen ánimo las veinte millas de Humbert Drive que me separaban del trabajo, y al dejar estacionado mi coche saludé con un Hi lo más optimista que pude a las ancianas secretarias del Spanish Department, que habían salido del edificio para fumarse un pitillo. Suelen ser muy amables conmigo, pero esa tarde me contestaron muy distraídamente, y una de ellas, la jefa de administración, miró para otro lado, como si no me hubiera visto.

Pero habrá que ir al grano, por usar la expresión que repetía Marcelo M. Abengoa. Entré en el despacho de Morini, que estaba hablando por teléfono y me sonrió y me tendió la mano pidiéndome por gestos que me sentara, y que después de tenerme veinte minutos esperando a que terminara una conversación a todas luces banal, o cuando menos susceptible de ser abreviada, me dijo sin mayores preámbulos que sentía tener que ser él quien me diera la noticia, y que el departamento había desestimado mi ascenso, decidiéndose por otro candidato más suitable.

Hasta ese momento yo no había sabido que hubiera otro aspirante al mismo puesto que todo el mundo, durante los últimos meses, me había asegurado que sería para mí. Pude mantener la dignidad porque estaba sentado: si la noticia me pilla en pie es probable que las piernas no me hubieran sostenido. Con un hilo de voz pregunté quién era el otro candidato:

—Candidata. Creo que os conocisteis en Buenos Aires. —Morini se miró las puntas de las uñas, perfectamente polished—. Ann Gadea Simpson Mariátegui.

Al decir ese nombre (esa lista amenazadora de nombres, más bien, como si en vez de una mujer mi victoriosa adversaria fuese todo un pelotón de terminators), Morini levantó los ojos para estudiar el efecto que provocaba en mí. Me imaginé impasible, digno, despectivo, orgulloso, golpeado, pero no vencido, apreté los dientes y respiré hondo y suave intentando no echarme a llorar, a llorar embarracado, como decían antes las madres españolas.

—Yo soy tu amigo, Claudio, desde el principio aposté por ti, tú eras mi candidato. Pero no te oculto que al surgir la candidatura de S&M (ella prefiere que se la llame con esas iniciales, como sabes), tú no tenías a ghost of a chance, estabas perdido, y no sabes cómo me cuesta decirte esto, qué malas noches he pasado. No es sólo su currículum, sus publicaciones, el número de mentions que tiene en trabajos de otros, en los journals más respetados. Comprende que es una mujer, y que es lesbiana. Más del diez por ciento de este país es gay y lesbian, Claudio. ¿Y cuántos profesores de este departamento tenían hasta ahora esa sexual orientation?

Me encogí de hombros: habría debido sujetarme a los brazos del sillón, porque Morini amplió la sonrisa y dijo:

—Sólo yo.

—¿Tú? —Casi me levanté de la sorpresa, de la incredulidad: ¿Morini gay? ¿Morini, que en los años anteriores a las severas prohibiciones del sexual intercourse entre profesores y estudiantes había sido un seductor implacable de las alumnas más jóvenes, fascinadas por su tez morena, su bigote y su melena negra, su leyenda romántica y muy nebulosa de ex guerrillero urbano o payador perseguido (leyenda más bien dudosa, pero muy cultivada por él mismo)?

—Bueno, no exactamente gay. —Por un momento pareció que tenía miedo de que yo le echase en cara todas sus aventuras con mujeres—. No seas narrowminded, Claudio. Yo me definiría como bisexual.

—Pues ni eso te lo había notado yo, qué quieres que te diga.

—¿Y crees que no me sentía intimidado ante una persona como tú, tan macho español, tan blatantly heterosexual, y te ruego que no te sientas ofendido? Ha sido muy duro, todos estos años de sufrir en silencio, de temer que alguien como tú advirtiera mi diferencia. Pero por fin me he atrevido a lanzarme out of the closet, a mostrarme como soy de verdad.

Iba a decirle que yo no le había notado ningún cambio, pero preferí encerrarme, por usar su propio vocabulario, en el closet de mi propio rencor.

—Y no pongas esa cara de self pity, Claudio, por favor, no te aproveches de nuestra amistad para hacer que me sienta culpable. —Puede que yo tuviera cara de self pity, pero Morini no mostraba en la suya ni un rasgo de piedad, ni de compasión—. Reconócelo, no te has renovado mucho últimamente. ¿Sobre quién das cursos, qué papers escribes? Siempre la vieja guardia, los viejos varones europeos muertos, y desde luego, eso sí, todos straight, el viejo machismo español no se rinde.

—Pero si publiqué hace nada un artículo sobre Juan Goytisolo, y acuérdate que me citó elogiosamente Paul Julian Smith.

—¡Cómo no iba a salir de nuevo Paul Julian Smith y su célebre cita! —Morini, melodramáticamente, alzaba los brazos como invocando al cielo—. No es por herir tu vanidad, Claudio, pero *en rigueur* no fue exactamente una cita, fue más bien una mención de pasada, ni siquiera una footnote.

Me espantó aquel signo de mezquindad: el tipo se había molestado en comprobar que entre los cientos de notas con letra diminuta al final del artículo de Paul Julian Smith no estaba mi nombre, detalle que por cierto yo tampoco había dejado de advertir.

—Pero tú también has escrito sobre Cervantes, Morini —acerté desmayadamente a objetar.

—Por supuesto, pero desde un approach innovador, teniendo en cuenta a Lacan y a Kristeva, y sobre todo la Queer Theory, el cutting edge de la crítica, atreviéndome, arriesgándome un poco, Claudio, off the beaten track, acuérdate de mi estudio sobre drag queen epistemology y cross dressing en la segunda parte del Quijote... Pero ustedes los españoles no pueden soportar que su gran héroe fuese en realidad completamente queer, que lo mandasen a la cárcel no por un delito fiscal, sino en un episodio típicamente español de gay bashing, de persecución al homosexual, al judío, al disidente, al maricón, como dicen ustedes, que menuda palabra, ya casi equivale a una lapidación.

Morini empezó a ordenar unos papeles sobre su amplia mesa de chairman, se quedó como estudiando una carta o un formulario, algo de mucha importancia, parecía, lo fue dejando caer poco a poco mientras levantaba la cabeza, todavía sin mirarme, y se subía las gafas. Pensé: «Ahora viene lo peor.»

—Hay otros problemas, Claudio —dijo, ya muy serio—. Soy tu amigo y no quiero ocultártelo.

Tragué saliva y con un gesto lo animé a continuar el suplicio.

—Sospechas de racismo. De cierto race bias, al menos.

—Pero eso es una calumnia —balbucí, como un acusado sin defensa, sintiéndome ya definitivamente perdido—. Tú me conoces desde hace años, Morini, sabes que yo jamás, ni de palabra ni de obra...

—Esa estudiante tuya, Ayesha algo...

—¿Una chica negra, bastante gorda? —Nada más decir esas palabras me arrepentí, comprendiendo que yo mismo estaba labrándome la perdición: Morini ponía cara de estar a punto de mesarse los cabellos, o entregarme a esa Inquisición a la que me suponía tan próximo.

—«Una chica negra, bastante gorda.» —Morini imitaba mi acento español, aunque bajando la voz, y mirando un instante de soslayo la puerta del despacho, que estaba cerrada—. ¿Quieres buscarme la ruina, Claudio, hablando de esa manera delante de mí? ¡Y luego te quejas de que te acusen de white supremacist! Esta chica African-American, sobre cuyo aspecto físico no hay necesidad de hacer ninguna observación ofensiva y/o discriminatoria, vino a quejárseme porque le habías marcado su último paper con una C.

—Por lo menos la aprobé, ¿no? No sabe nada de nada. No interviene en las clases, ni siquiera habla con los demás estudiantes. Se queda dormida masticando.

—La aprobaste, Claudio, qué palabra. Ustedes los españoles siempre aprobando y desaprobando a la gente, siempre con el espíritu de gran inquisidor. ¿Estás seguro de que la race y el gender de esa chica no te inclinaron, aun de manera subconsciente, a darle esa mark tan baja? Soy tu amigo, Claudio, a mí me puedes abrir el corazón.

—Por Dios, Morini, los dos mejores estudiantes que tengo son chicas, una de ellas African-American, y la otra china, perdona, Chinese-American.

Casi sonreí, creyendo que me había apuntado una mínima victoria, pero Morini no parecía nada convencido, ni siquiera dio la impresión de haber escuchado mis últimas palabras. De nuevo tomó de la mesa un papel, un formulario o el cuadernillo de un journal, y sujetándolo entre las dos manos levantó despacio la cabeza y empezó a hablar antes de mirarme. Me sentía como si estuviera a punto de ser enviado a un campo de reeducación norvietnamita.

—Me ha sido muy difícil, Claudio, pero soy tu amigo y la amistad yo la pongo por encima de todo. No te oculto que tu situación en Humbert College no es envidiable. Te he defendido mucho, pero eso no basta, también tienes tú que poner de tu parte. Tendrías que dar algún signo, enrolarte en algún taller de race sensitivity, citar a otros autores, ¡y autoras!, en tus cursos. Ann Gadea, te adelanto, es una mujer magnánima. Me ha dicho que te valora mucho, que espera colaborar contigo en el día a día del departamento...

Justo entonces yo tendría que haberme levantado y haber salido del despacho de Morini dando un portazo, pero no lo hice. Salí un rato después, y entonces las secretarias, que están siempre al acecho, me sonrieron con perfecta falsedad y me desearon angelicalmente a good day, no sin la complacencia de ver humillado a alguien que ocupa una posición superior. Encerrado en mi oficina, le escribí a Morini, después de deliberaciones dolorosas y de borradores sucesivamente más audaces, una letter of resignation, en la que más o menos venía a decirle que escupía sobre la limosna académica y laboral que me había ofrecido.

Releí la carta, la doblé, la guardé en un sobre con el membrete del departamento, imaginé con anticipado orgullo una travesía del desierto académico tan ardua como la de mi amigo Mario Said. Al salir de la oficina, camino del despacho de Morini, me puse la carta en el bolsillo.

Todavía la tengo allí, dos semanas más tarde. Me digo que este retraso no es una cuestión de cobardía, sino de prudencia. ¿Voy a volver a España, a estas alturas de mi vida, voy a empezar otra vez de cero en cualquier otra parte, ahora que tengo casi pagado el mortgage de mi casita, y que según parece, Morini y Ann Gadea quieren contar conmigo y valoran mucho mi posible aportación en la nueva etapa del departamento?

A finales de mayo, cuando termine el spring semester, he decidido que viajaré a Madrid. Entre unas cosas y otras ya hace tres años que no voy a España. Tendré que mirar en mis papeles a ver si no he perdido la tarjeta de Marcelo Abengoa. Me gustaría decirle que el hotel Town Hall de Buenos Aires ya habrá sido derribado, y que sólo en nosotros dos, en nuestro recuerdo o nuestra imaginación, sigue habitando todavía Carlota Fainberg.

booket